ストレイエンジェル

~天使志願~

花丸文庫BLACK

西野 花

ストレイエンジェル　〜天使志願〜　もくじ

イラスト／鵺

ストレイエンジェル

～天使志願～

四方八方から伸びてくる手に身体《からだ》を押さえつけられ、里川雛希《さとかわひなき》は無駄だと知りつつも大きく身を捩《よじ》った。

店内はただでさえ照明が薄暗いというのに、覆《おお》い被《かぶ》さってくる男たちによってますます視界が遮《さえぎ》られてしまう。だが、自分がこんな目に遭《あ》っていても、他の客がこちらを気にしている様子はなかった。珍《めずら》しいことではないのか、あるいは単に関《かか》わり合いになりたくないだけなのか、どちらにしても雛希にとってはあまり好ましい状況ではなかった。

「放せ、いや、だっ…！」

「今さら気取ってんじゃねえよ」

「こんな所にそんな物欲しそうな顔で一人で来るなんざ、期待してるって態度でバレバレなんだよ」

違う、と雛希は首を振る。

こんな危険な所へのこのこと一人でやってきたのは、人を捜《さが》していたからだ。

十年以上もの間会いたいと願い、捜していた人の手がかりがここにあると大学の先輩から聞いた雛希は、いてもたってもいられず、藁《わら》をも摑《つか》む思いでこのいかがわしい場所に足を踏み入れた。

違法カジノ『ルナマリア』。

噂《うわさ》では、その中では賭博《とばく》はもちろん、あやしげな薬の売買や売春なども行われているという。もちろんそんな所に、なんのツテもない一般人が突然行ってすんなりと入れるわけがない。一見客《いちげんきゃく》は当然お断《ことわ》りだ。

だが雛希の大学の一期上である渡辺《わたなべ》という男は、そのカジノでも常連で通っているとのことだった。

相当派手に遊び回っているらしい彼とは、ゼミが一緒で知り合った。雛希のことを気に入っているのか、何かにつけては寄ってきて、このご時世に就職先の心配もなく、親戚《しんせき》にその筋の者がいると自慢げに話されたこともある。

いつもならば聞き流していたところだったが、そのカジノの店長の名前が男の口から告げられた時、雛希はかつてないほどに反応した。

「どうしても行きたい。なんとか紹介してくれませんか」

珍しく話に食いついた雛希に、渡辺は驚いた顔を見せた。それもそうだろう。今まで興味のなさそうな態度だった雛希が、突然様子を変えたのだ。

「なんかワケアリなのか」

「…………」

聞かれて、雛希は口ごもる。なんと説明したらいいのかわからない。

だが男はさほど深く考えないタイプなのか、ある条件と引き換えに店への紹介を請け負《うお》うと約束してくれた。そして雛希は、渡辺とホテルへ行き、彼に抱かれた。

たいしたことではなかった。初めてでもなかったし、口で抜いてやるとあっさりと昇天したから、さほど『濃い』こともされなかった。

「お前、見かけによらずそっちの経験かなりあるわけ？」

終わった後で渡辺が意外そうに聞いてきた言葉に、雛希は曖昧《あいまい》に笑う。経験どころか、自分の本当の性癖《せいへき》について知ったら、彼はどう思うだろう。

ともかく、渡辺は約束通り店に口を利《き》いてくれた。一緒に来てはくれなかったが、それはむしろ好都合だった。

初めてルナマリアを訪れた雛希は、その猥雑《わいざつ》な空気に圧倒され、物慣れない顔で店をうろついた。だがそれが目立ったらしく、肩がぶつかった男たちに絡《から》まれ、気づいたら囲まれていた。

「可愛《かわい》い顔してるね」

「楽しいことして遊ぼうよ」

そして今、雛希は、馴《な》れ馴《な》れしい言葉と有無を言わせぬ力で、店の隅《すみ》にあるビリヤード台に押し倒されている。

自分はこんなことをしに来たわけではない。彼を捜さなくてはならないのに、すっかり興奮した男たちは服をむしり取り、開かせた脚の間をまさぐる手を止めてくれない。

――――こんな所で。

すぐ側《そば》に人がいるのに、力尽《ちからず》くでねじ伏せられ、恥《は》ずかしい姿態《したい》を晒《さら》されている。そう思った時、不本意なことに、雛希の身体の奥でざわり、と何かが蠢《うごめ》いた。

「あ、んん…あっ」

それは濁《にご》った熱と、暗い興奮のようなもの。長い年月をかけて雛希の身体の中で育ったものが、おとなしやかな殻《から》を食い破って出てこようとしている。そしてその変化は、雛希を弄《もてあそ》ぶ男たちにも伝わったようだった。

「お、エロい反応しだした」

「じゃあ俺アレ持ってるから、こいつに使ってやろうぜ」

「マジかよ。量には気をつけろよ」

示し合わせるような笑いを浮かべる男たちに、雛希は薄ら寒いものを覚える。だが脚の間を擦《こす》り上げられる熱さと快感に力が抜けてしまい、それ以上抵抗できずにいると、ふいに双丘の奥を開かれ、何かが塗りつけられる感触がした。

潤滑《じゅんかつ》のためのジェルか何かだろうか。こんなやり方で犯すにしては、妙に準備がいいことだ――――と雛希が思いかけた時、いっそ暴力的なほどの疼《うず》きが腰の奥から込み上げてきた。

「うう、ふああ！」

思考さえままならないくらいの熱さが全身を灼《や》いて、雛希は押さえつけられたままの肢《し》体《たい》を大きく仰《の》け反《ぞ》らせる。ジェルを塗られた部分は恐《おそ》ろしいほどに痙攣《けいれん》し、パクパクと口を開くようにそこを犯すものを求めていた。

「な、なにっこれっ…！　な…あ、ひぅ、うんっ！」

発火したような肌の上で、硬く勃ち上がるふたつの胸の突起をそれぞれ違う男にクリクリと転がされ、雛希はあられもない声を上げてしまう。そこはただでさえ弱い部分なのに、こんなふうに昂《たかぶ》った状態で弄《いじ》られてはたまったものではなかった。

「ほーら、気持ちいいだろ？」

「ほんと、すげえ効き目だよな。エンジェルヒートってのは」

――エンジェルヒート？

沸騰《ふっとう》した意識と感覚の中で、雛希はその単語を繰《く》り返す。自分に使われたのは、多分媚《び》薬《やく》の一種だろう。ではその名前が、エンジェルヒートというのだろうか。

「――あ、あっあっあっ！」

扱《しご》かれる性器が、まるで神経が剝《む》き出しになったように激しい快感を伝えてくる。考えることすら難しくなり、それでもなんとか己《おのれ》を保とうと必死になって理性を繋《つな》ぎ留めようとする。けれど、この頭が灼けそうな感じは、雛希を簡単に駄目にしつつあった。

「ゴムつけてもう入れちまうか？」

「持ってるわけねーだろ、んなもん」

「ナマじゃダメかなあ」

「やめとけ。こっちまでえらいことになるぞ」

じゃあ早いとこ吸収させせようぜ、と、男の指が蕩《とろ》けたそこにいきなり二本ねじ込まれる。

「んん、く、ひぃ！」

まるで衝撃《しょうげき》のような快感がやってきて、雛希はビリヤード台の上で魚のように身体をはね上げた。その反応の苛烈《かれつ》さに、男たちがどっと囃《はや》し立てる。

「お前これ初めてか？　楽しめるぜ」

男は慣れた手つきで、雛希の内壁をまさぐるように刺激した。指でされているだけなのにそこから脳天まで突き抜けるような快楽が走り、全身から汗がドッと噴《ふ》き出てくる。

「い、嫌っ！　ああっやだあっ…！　な、なにこれっ…！」

かつてない自分の肉体の反応に、恐怖すら覚えた。中を穿《うが》ってくる男の指を、蠕動《ぜんどう》する媚肉《びにく》が呑《の》み込み、しゃぶるようにして中へと取り込んでいく。雛希は確かに人に言えないようなセックスをされることを好んだが、こんな感覚は初めてだった。まるで快感神経が剝き出しになり、身体中が性器になったような感じ。

「もうグチュグチュいってるぜ。こいつ早いな。おとなしそうな顔して、けっこう咥《くわ》え込んでんのか？」

「うあ、んっ！　あっ、んんぁっ……！」

ズリュ、と奥まで入れられ、中で指を広げるようにされると、全身が総毛立つ。それを耐える表情も、悶《もだ》える肢体も、つぶさに見られているのだと思うと、恥ずかしくてならなかった。

昔からそうだった。雛希はある種の男たちの中の、嗜虐性《しぎゃくせい》を刺激してしまうらしい。

「こいつもすっかり出来上がったみたいだし、そろそろいいんじゃねえか？」

「んじゃ俺一番な」

雛希の脚の間で、男がベルトを外《はず》し、前を開ける動作が目に入る。せめてもの抵抗に首を振るが、それは彼らの興奮をよけいに煽《あお》ってしまう結果にしかならなかった。

「い、いや、入れな…っ」

こんな状態で犯されてしまったら、どんな痴態《ちたい》を晒してしまうかわからない。それだけは避けたいのに、押さえつけられている腕にも脚にも、力がまったく入らなかった。

押し開かれた最奥《さいおう》に熱の塊《かたまり》が押しつけられる。もうダメだ――ときつく目を閉ざした時、急に周りの人垣をかき分けるような気配がした。

「お前らまーた店ん中で悪さしてんな。そういうことは他《ほか》でやれっつの！」

軽口にもかかわらず、獰猛《どうもう》なその場の空気を一瞬にしてかき消してしまうような有無を言わせぬ声に、雛希は驚いて目を見開いた。同時に手足の拘束《こうそく》も解《と》かれ、雛希はビリヤード台の上で不自由に身を捩りつつ、服をかき合わせる。そして衝撃に震えながらその声の主を目にしようと、ゆっくりと顔を上げていった。

自分にとって決して忘れられない声。それを発したのは。

「ちょ、今超イイとこだったんすよ！　見逃してよシギさん」

「うるせえぞガキ。ここはカジノで乱交場じゃねえ。あとエンジェル以外の奴《やつ》にエロいことしてえなら相手の合意取ってやれ」

「————！」

その呼びかけで、雛希の予感は確信に変わった。シギと呼ばれた男は、雛希に無体を働こうとした男たちの頭をこづき、早く去れと言わんばかりに容赦《ようしゃ》なく蹴りを入れる。彼らはその男には逆らえないのか、せっかく捕《つか》まえた雛希という獲物を前にして、すごすごとその場から退散していった。

「ったく、あいつら出入り禁止にすっかな……」

彼らが去った方向に毒づいて、それからようやく男はこちらを向く。

「…あ、あ」

雛希がか細く呻《うめ》いたのは、媚薬がもたらす熱さからだけではなかった。ホストのような、無造作《むぞうさ》に整えられた金色っぽい髪と、雛希が知る彼にはなかった無精髭《ぶしょうひげ》。そしてどこか爛《ただ》れたような、崩れた雰囲気が彼のこれまでの生活を表しているようで、雛希は胸が痛むのを抑《おさ》えることができない。

――シギお兄ちゃん。

そう呼びかけたかったが、雛希にはそれができなかった。彼が変わったように、自分もまた変わってしまった。これまで彼に会いたい一心で行方を捜してきたけれども、いざ目の前にすると、自分の変貌《へんぼう》を知られる覚悟はまだできていないことを思い知らされる。

「お前、平気か？　…あー、薬使われちまってんのか」

男は舌打ちをすると、自分の上着を脱いでそれで雛希を包む。彼は雛希のことはわからないようで、そのことに雛希は安堵《あんど》と失望を同時に味わった。

「来な。なんとかしてやるから」

彼はそのまま雛希を軽々と抱き上げ、どこかへと移動していった。フロアを横切る間、客の視線が容赦なく雛希に突き刺さる。それを見たくなくて、雛希は男の肩口に顔を埋《うず》めた。

「つらいかもしれねえけど、ちっと我慢《がまん》な」

彼の言う通り、抱き上げて歩かれるだけで、その振動が身の内を苛《さいな》んだ。今にもはしたなく声を上げてしまいそうな衝動をじっと堪《こら》え、雛希は唇を噛《か》んで男の肩口を強く掴む。

彼は何も言わず、雛希の好きにさせていた。

カジノがある賑《にぎ》やかなフロアを抜け、階段を下りる気配がする。程《ほど》なくしてどこかのドアが開けられ、雛希はベッドのようなものにそっと下ろされた。

「……っあ」

おずおずと顔を上げると、やや暗い照明の中に部屋の様子が見て取れる。そこは一見するとビジネスホテルか何かのような簡素《かんそ》な部屋だった。だが壁や柱のフックにいくつもの手錠《てじょう》や拘束具がかけられ、天井にも頑丈《がんじょう》なパイプのようなものが通されている。

「……こ、これは？」

「知らねえ方がいいこともあるぜ。――それより、ほら」

男が、雛希の足元に何かを放り投げてきた。それを目にして、軽く息を呑む。

「多分お前が使われたのはエンジェルヒートっつう強い媚薬だ。そいつで孔《あな》ん中をかき回してもしない限《かぎ》り、そのままじゃ収まりがつかないぜ」

白いシーツの上に転がっている、男根を模《も》した電動の玩具《がんぐ》。それの使い方がわからないほど雛希は初《うぶ》ではない。これを使って自分で処理しろということだろうか。目の前の淫具《いんぐ》と男を交互《こうご》に見つめると、彼はどこか居心地《いごこち》が悪そうに肩を竦《すく》め、雛希の側から離れていこうとする。

「この部屋、朝まで使っていいぜ。そのくらいには薬も切れる。あとは勝手に帰っとけよ」

部屋から出ていこうとする男の腕を、雛希は咄嗟《とっさ》に摑んだ。顔を向ける彼の視線に一度は目を逸《そ》らしたが、やがて思い直して懇願《こんがん》するように見つめる。

やっと会えたのは、こんな最悪な場面だった。だがそれすらも、自分にはふさわしいのかもしれない。

「…ひ、一人じゃ…、できない」

いったい何をしようとしているんだと、雛希は男に縋《すが》ろうとする自分自身を罵《ののし》る。

違うだろう。彼に会ってしたかったのはこんなことなのか。

彼に会って、謝りたかったんじゃないのか？

必死で止めにかかろうとする理性は、だが媚薬の働きによりひどく脆《もろ》いものになっていた。

――謝って、どうなる。

自分は彼の何もかもを奪い、壊してきた。今さらのこのこと現れて詫《わ》びを入れたところで、それは雛希の自己満足でしかない。そこまでわかっているのに、どうしてこんな所までやってきたのだろう。あげく彼の前で、こんな醜態《しゅうたい》まで晒すことになってしまって。

彼は雛希のことがわからない様子だった。当たり前だ。あれから長い月日が流れてしまっている。当時子供だった自分もまた、さぞかし面変《おもが》わりしたことだろう。

――変わったのは姿だけではないけれども。

「…ね、頼《たの》む…から」

　彼の腕に手をかけ、媚態《びたい》を意識して見上げた。

　雛希をずっと苦しめてきた執着。彼に抱かれたいという欲求と、後ろめたさがせめぎ合い、結局勝ったのは浅ましい欲望の方だった。

「…俺に、してほしいって？」

　彼は何かを探るように、じっと雛希を見つめている。まさか、自分のことがわかったのかと背筋にひやりとしたものが走ったが、彼は雛希の正体を問いつめることなく、ベッドに放られた淫具を手に取った。

「脱ぎな」

　低い声で命令されて、背筋に甘い戦慄《せんりつ》が走る。媚薬に侵《おか》され、震える手で衣服を脱ぎ、彼の目の前に肌を晒していく。突き刺さるような視線が、雛希の性感を炙《あぶ》り立てるようだった。

「横になって、なるべく力抜いとけ」

　言う通りにすると、彼はベッドの脇《わき》に腰を下ろし、雛希の両脚を開いてくる。

「あ、あ…」

　羞恥と期待がいっせいに襲《おそ》ってきた。彼にされるのなら、それが淫具でも構わない。身体の深い所からせり上がってくる熱は、今にも狂いそうなほどの疼きを雛希にもたらしていた。

「入れるぞ」

最奥に当てられたものに、ぐぐっと圧力がかかる。指で責められ、媚薬で蕩かされたそこは、決して小さくないそれを楽に呑み込んでいった。

「ん、ん、あぁぁ…っ」

ざわっ、と、身体中の性感が一気に目覚める。同時に肌が火を噴くのではないかと思うほどの灼熱感《しゃくねつかん》に襲われ、雛希は狼狽《うろた》えてシーツを握《にぎ》りしめた。

「あ、あ、なにこれっ、なっ…！」

「こんなの初めてだろ？　まだまだ、死ぬほど気持ちよくなるぜ」

お世辞《せじ》にも初とはいえない雛希だったが、この感覚はこれまでに味わったことのないものだった。それがエンジェルヒートという媚薬のせいなのか、それとも彼にされているからなのかはわからないが、淫具を入れられ、少し動かされただけで、泣きたくなるほどの快感が込み上げてくる。

「スイッチ入れるぞ」

「や、ああっ、ま、待ってっ…、ま、あんっんんっ！」

無情に体内の淫具のスイッチを入れられた瞬間、雛希は喉《のど》を反らせて甘い悲鳴を上げていた。

淫らな振動が感度を上げた粘膜を容赦なくかき回し、その媚肉の襞《ひだ》の隅々までも舐《な》め上げてくる。たまったものではなかった。

「ふあ、ううっ！　や、イっちゃ…！　あ、あっ！」

「遠慮しなくていいぜ。どんどんイっちまった方が早く楽になれる」

「で、でもっ…！　んあ、ああっ！」

あまりに早く昇りつめてしまうのに、雛希は焦《あせ》って、思わず男の手を摑む。すると彼はその手を上からそっと握ってきた。

「あ…あ、あ――――！」

まるでそれに反応したかのように、雛希は一度目の絶頂を迎える。そそり立つ性器の先端から弾《はじ》けた白い蜜《みつ》が、下腹に散った。だが快楽はそこで終わりではない。達したばかりで過敏《かびん》になっている内壁をさらにかき回され、雛希はひっ、と背を反らした。

「やあっだめっ…！　それ、だめえっ！」

まだ波が収まらないうちにそれをされると、頭の中がぐちゃぐちゃになるような感じがする。

「こ、こんなっ…、こんな、知らなっ…！　どうしようっ…」

やっと会えた彼の前で晒す痴態に、雛希は恥じ入り、情けなく思い、そして興奮した。

言いたいことも謝りたいこともあったが、彼を捜している間、雛希を最も悩ませていたのは、彼に対する肉欲を含めた思慕の念なのだ。それをこんな形で叶《かな》えられ、身体の暴走が止まらなくなっている。

「ああ、薬のせいだ。いいから好きなだけ味わってろ」

彼は自分が誰《だれ》かもわからないのに、媚薬に苦しめられているというだけでこんなにまでしてくれる。

優《やさ》しいところは、変わっていないのだ。

雛希は苦労して目を開けると、シーツを掴んでいた手を、彼の股間へとそっと伸ばした。

「こ、これっ…、しゃぶ、らせて」

「うん？　いいのか？」

そりゃまあ嬉《うれ》しいけど、と軽口を叩《たた》きながら、彼は片手で器用に前を寛《くつろ》げ、自《みずか》らのものを取り出す。

「じゃあ、頼めるか？」

「ん…っ」

彼は身体をずらし、雛希が奉仕しやすいように腰を近づけた。それは目の前の光景に反応したのか、硬くなりかけている。それが嬉しくて仕方がなくて、雛希は両手で捧《ささ》げ持つようにしてから口腔《こうこう》に迎え入れた。これが、彼のもの。

「んっ…ふっ」

ちゅぷ、と音を立てて咥えてから、積極的に舌を絡めていく。想像していたより大きくて逞《たくま》しいそれに喉が詰まりそうになったが、その圧迫感さえも雛希に悦《よろこ》びを与えた。同時に中の淫具もぐりっ、と動かされて、気が遠くなりかける。

「いいな…、うまいじゃん」

「うんっ…んっ、んっんんっ…！」

身体の中心を抉《えぐ》られる快感と、奉仕の興奮に全身が煮えたぎるようだ。雛希は頭の中で彼の名を何度も呼びながら、内壁をかき回す振動と口内を埋《う》め尽くす凶器を必死で味わった。

だがそのうちに、口で味わうだけでは物足りなくなってくる。粘膜に感じる脈動を、疼くそこに迎え入れたい。恥を知らない狭間《はざま》の奥にこれを突き立て、激しく罰《ばつ》してもらいたい。その衝動は次第に我慢することが難しくなり、雛希は彼のものをしゃぶりながら、物言いたげな視線を何度か上目で送ってしまう。

「……なんか言いたそうだな」

「あっ…」

ズル、と口の中から男根を引き抜かれ、言葉を発することが可能になる。

「この際だから、なんでも言ってみな？」

濡《ぬ》れた唇を長い指で辿《たど》られると、背筋がぞくぞくした。優しい彼の声に逆らえなくて、

雛希は欲しいものを正直に口にする。

「こ、これが欲しい…」

「どこに？」

低い声が卑猥《ひわい》に響いて、雛希はもう自分を抑えることができなかった。ずっと捜していた彼に会ったばかりだというのに欲望ばかりが先走っている。やっぱり自分はそういういやらしい汚《けが》れた人間なのだ。

「後ろに…、お尻に、欲しい、から…っ！」

入れて、と濡れた声でねだると、体内の淫具が音を立てて引き抜かれた。んんっ、と喉の奥で呻くと、凶器のようにそそり立ったものがひくひくと蠢く場所に押し当てられる。

入れられる、と思った瞬間、腰の奥が引き攣《つ》れるように甘く痙攣した。

「ああ…っあ、あ――――…っ！」

総毛立つほどに反応して、雛希は彼を受け入れながら絶頂を極めてしまう。喜悦のあまり目尻《めじり》に涙を滲《にじ》ませ、ふるふると震えていると、奥歯を噛みしめるようにして締め上げられる感覚に耐えていた彼がふっと息をついた。

「気持ちよすぎるか…？」

「う、うんっ！　あっ、い、いいっ！　よすぎる、よすぎるからっ…！」

もう何を口走っているのか自分でもよくわからない。覆い被さってくる彼の背中をかき抱《いだ》き、服の上から背中をかきむしると、涙の膜の向こうで男らしい顔が困ったように笑うのが見えた。

「――悪いウサギを助けちまったもんだ」

そうぼやいた唇が重なってくる。その瞬間、雛希は全身の神経が悦びに悲鳴を上げるのを感じた。こんなに乱れて、感じて興奮している自分を、きっと彼は媚薬のせいだと思っているだろう。確かに強烈な作用をもたらすというその薬は、雛希の性感を極限にまで高めて耐え難《がた》い悦楽を送り込んでくる。

だが、それだけではない。

けれどそれを言う資格は今の自分にはないから、雛希はただ彼に抱かれているという事実に、狂乱の様を見せていた。

気がついた時、そこに彼の姿はなかった。

光が差さない部屋では時間の感覚が摑めなかったが、服の中から携帯電話を探り当てて時間を確認すると、もうとっくに朝を迎えている。

雛希は気怠《けだる》い身体を起こすと、大きく息をついてからのろのろと身支度《みじたく》をした。ふと気づくと、床の上に白いメモが置いてある。拾い上げてみると、少し乱暴な筆跡《ひっせき》で『奥の非常口から帰れ』とだけ書かれていた。

少しの間そのメモを眺め、そっと胸に抱くようにして目を閉じる。彼にしてみれば、昨夜《ゆうべ》のことは単なる火遊びで終わったのだろう。雛希もまた、こんな結果で終わるとは思っていなかったが、これでよかったのかもしれない。

——きっと彼は、自分のことを許さないだろうから。

雛希は小さな紙片をポケットにしまい込むと、静かにドアを開け、非常口を目指《めざ》して歩きだした。

雛希《ひなき》が彼と出会ったのは、もうずっと昔、子供の頃《ころ》だ。

物心ついた時から両親がおらず、『ガーベラ園』という可愛らしい名前のついた、ある地方都市の児童福祉施設で暮らしていた。

あれは九歳になるかならないかの夏だった。その年の夏は冷夏といわれ、雨ばかり降っていたように思う。同じ年の子供たちが、今日も外で遊べないと口を尖《とが》らせて文句を言っていた。

だが雛希はそんなことはどうでもよかった。むしろ、晴れていると外で遊びなさいとグラウンドに追い立てられてしまうので、いつまでも雨が降っていればいいとさえ思っていた。

その頃の雛希は、何をして遊んでいても、まるでこの空模様のように世界が灰色に見えていた。昨夜のバラエティ番組の話で盛り上がる輪の中からそっと外れて、雛希は一人教室を出る。どうしてあんなものでそんなに笑うことができるのだろう。

彼らの屈託《くったく》のなさが妬《ねた》ましかった。自分だって、少し前まではそうだったのに。いったいどうして、こんなことになってしまったんだろう。

足早に廊下を歩いていた雛希は、だから少しばかり前方不注意になってしまっていた。角を曲がってきた大人の気配に気がつかず、出会い頭に思い切りぶつかってしまう。

「――――おっと」

「あ……っ！」

ごめんなさい、と咄嗟に頭を下げてそのまま通り過ぎようとしたが、すれ違いざまに腕を掴まれて雛希はギクリと身体を強張《こわば》らせた。

「廊下を走ったらいけないな、雛希」

落ち着いた、優しい声なのに、それを聞くと背筋がぞわりと震える。恐る恐る顔を上げると、そこには予想した通りの顔があった。

「園長、先生……」

「そんなに急いで、どこへ行こうとしてたんだ？」

「ごめんなさい、でも――――走ってはいません」

ガーベラ園の園長である下谷《しもたに》は、五十代半ばの紳士然とした男だった。園の経営の他にも積極的に慈善《じぜん》事業や講演会を行い、一角の人物として知られている。

だが、雛希は、この下谷がたまらなく怖《こわ》かった。今も雛希を逃《のが》すまいとして、その細い腕をねじ上げるように摑んでいる。他の人がいる前では、決してそんな真似《まね》はしないのに。

「口答えするのは感心しないな。ちょっと先生の部屋でお話ししようか」

その瞬間、雛希はちぎれんばかりにかぶりを振った。園長先生の部屋に呼ばれると、雛希は必ず『嫌《いや》なこと』をされる。どうして自分がそんなことをされるのかわからず、また行為の意味すらも知らなかったが、それが自分の心を軋《きし》ませ、歪《ゆが》ませていくことだけは自覚していた。

身体がまだ幼かったので、犯されることだけはなかったが、それ以外のことはすべてされていた。精通さえも、下谷の手によって導かれた。裸に剝かれ、身体中を愛撫《あいぶ》され、大人の男のものを口と手で処理させられるたび、雛希は確実に壊れていく。

このままだと、自分は絶対におかしくなってしまう。

だがそんなことは、誰にも言えない。知られたくない。

「先生……、ごめんなさい、お部屋は嫌です……っ」

「だめだ。来るんだ」

有無を言わせぬ命令と共に、絶対に敵《かな》わない大人の男の力で、雛希を廊下の向こうへと引きずっていく。周りには誰もいない。すぐそこには職員室もあるのに、どうして自分の声が聞こえないのだろう。

引きずられていくその先に、園長室の扉が見える。それが近づいてくるのを絶望的な思いで見つめながら、雛希はいつか誰かが助けに来てくれないかと、ひたすらそれだけを願っていた。

「ミキちゃん、こんにちは！」

「こんにちは、みんな、元気にしてた？」

快活な声が教室の中に響く。ミキちゃんと呼ばれたのは、近所の高校に通う、夏休みなどにはよく手伝いに来てくれている女の子だ。誰にも分《わ》け隔《へだ》てなく優しいので、施設の子供たちからは絶大な人気がある。雛希も彼女のことは嫌《きら》いではなかった。だが、その日のミキは知らない男を伴っていた。

「ミキちゃん、彼氏連れてるー！」

「誰？　誰？」

みんなに囃し立てられ、ミキは少し恥ずかしそうに、彼女と同じ年代と思われる男子を紹介した。

「鴫原冬真《しぎはらとうま》くん。同じクラスなの」

それが彼と初めて出会った瞬間だった。鴫原は最初はいかにも彼女に無理やり連れてこられた、というような面倒《めんどう》くさそうな顔をしていたが、もともと人好きであるのか、快活な施設の男の子たちに囲まれるとすぐに打ち解けてサッカーをしだした。

雛希は昨日も園長先生に呼ばれたばかりで、とても皆と一緒に楽しく遊ぶ気にはなれない。

そうやってたびたび輪の中から外れているうちに、同じ年頃の子供たちも雛希の異質さになんとなく気づく。ああ、わかるものなのだな、と雛希は子供心にそう思った。

自分が園長先生にされたことは、きっと、してはいけない類《たぐい》のことなのだ。その行為によって自分の中の何かが変質し、多分、異臭のようなものが出ている。幼いながらも厳しい現実を知る彼らは敏感にそれを察知し、自分たちと違う生き物になった雛希を遠ざけるのだろう。アフリカの草原で群れを成して生きる動物は、病気になったり怪我《けが》をした仲間を攻撃したり置いていったりする、というのを前にテレビで見たことがある。自分はきっとそれと同じで、そのうち死んでしまう運命なのかもしれない。

「お兄ちゃん、ずるーい！」

「子供相手に本気になるなよ！」

「うるせえよ！　俺は接待サッカーなんてやらねえぞ！」

小学生と高校生ではどう考えても身体能力に差があるのに、彼はそのあたりをまるで配慮する様子がなかった。容赦なくボールを奪い、ゴールに叩き込む独善的なやり方にその場から抗議の声が上がる。

なんだろう。あの人、大人げない。高校生のくせに。

冷めた思いでそれを見やっていた雛希だったが、それでも一緒に遊んでいる子供たちが次第に本気で彼に食らいついていっていることに気づいた。

それはめったにない光景だった。

ここにいる子供たちは、それぞれが複雑な事情を抱えているがために、外部の人間からは必要以上の気遣《きづか》いをされることが多い。そしてそれは、大抵の場合、彼らが求めているものではなかったりするのだ。

――わけありの子供にも、本気で接する高校生。

彼らをグラウンドの脇の階段に腰かけてぼんやりと眺めながら、雛希は自分の視線がいつの間にか彼に吸い寄せられているのを、自覚してはいなかった。

それに気づいたのは、ゲームが終わってふと彼が雛希に視線を向けた時だ。突然心臓が跳ね上がるような感覚がした。

「――――っ」

慌《あわ》てて目を逸らした時にはもう、彼は額《ひたい》の汗を拭《ぬぐ》いながらこちらに向かって歩きだしていた。立ち去ろうかとも思ったが、それではあまりに不自然なような気がして、結局雛希は彼が階段を上ってくるまで、自分の靴の先をじっと見つめているしかなかった。

「何やってんの」

声をかけられて、顔を上げる。それが雛希と彼との、初めての会話だった。

「……何もしてないよ」

「ふうん」

彼はそのまま雛希の脇を通り過ぎていく。それを軽い失望と共に見送ると、すぐ後ろにある水飲み場で彼が水を飲む気配がした。てっきりそのまま去っていくか、あるいはまた子供たちの中に戻っていくかと思ったのに、彼はどうしたことか再び雛希の側にやってきて、隣に腰を下ろす。

「っ……？」

「あー疲れた」

グラウンドでは子供たち同士がまたゲームに興《きょう》じている。雛希は目線こそそちらに向けていたが、全身の意識はすぐ隣にいる年上の男に向いていた。

「……何も本気になることなかったんじゃないの。子供相手に」

憎《にく》まれ口を叩くつもりはなかったのに、声になったのは素直じゃない言葉だった。彼は少し肩を竦めると、どこかぼやくような口調で語り始める。

「俺がガキん頃、うちに親戚の大学生が下宿してててな。よく遊んでもらったんだけど、そいつがいわゆるデキた奴で、ゲームとかで遊ぶと必ず負けてくれたんだよ。毎回そんなことしてたら、向こうだってつまんねえだろうにな」

「………」

こっちは必死になって勝とうとしているのに、相手は全然本気を出してくれない。自分はそれがひどく悔しくて、歯がゆかったという。

「とうとうキレて、真面目《まじめ》にやれ！　って泣いて怒ったら、やっとマジになってくれてさ、まあ案《あん》の定《じょう》ボコられたけど、そんでも納得はしたな」

「それで自分も手を抜かないようにしてるって？　わざと負けてほしい子もいるだろうに、そういうのって一概《いちがい》に正しいとはいえないんじゃないの」

大人びた口調で雛希が反論すると、彼がくすりと笑う声がした。自分でも背伸びをしているという自覚はあるが、それをあからさまにバカにされたようでカッと頭に血が上る。

「別に全世界の子供に愛されようとか思ってねえし」

俺は俺が楽しいようにやるだけ、と言い放つ彼に、雛希はわけもなく反感を覚えた。それこそまさに、子供っぽい感情からくるものだとわかってはいたが。

「勝手だね」

自分なんて、この年ですでに人生が八方塞《ふさ》がりのような気持ちに陥《おちい》っているのに、ただ楽しめればいい、という彼がひどくいいかげんな大人に思えてならなかった。一瞬でも惹《ひ》きつけられてしまったのは、やはり外から来た『客』が物珍しかっただけだろう。雛希はそう判断して、勢いよくそこから立ち上がった。

「あんたみたいな大人に振り回されるのなんか、真《ま》っ平《ぴら》だ！」

いつも自分は大人の都合には逆らえなかった。自分を捨ててここに押し込めた両親も、勝手な欲望で雛希をズタズタに引き裂く園長先生も、みんな自分の都合を雛希に押しつける。

「あ、おい！」

階段を駆け上がる背中に男の声がかかる。それを聞こえないふりをして、雛希は建物に向かって全速力で走っていった。

あの高校生の彼は、多分もうここには来ないだろうなと思った。もし来たとしても、雛希には決して声をかけないだろう。ほんの少し素直になっていれば、他の子供たちと同じように彼と楽しい時間を過ごせたかもしれない。そうしたら、この閉塞感《へいそくかん》をその時だけでも忘れられたかもしれないのに。

子供の一日は長い。ましてや今は夏休みで、ある時間になるとみんなと遊べと強制的に自室から追い出されてしまうので、雛希は勉強に逃げることすらできなかった。

「あっ、お兄ちゃん！」

「今日も来てくれたの？」

「よう」

しかし雛希の予想に反して彼が来たのは、なんとその翌日だった。しかも今日は一人で、ミキを連れていない。ということは、純粋に彼自身の意思で来たということだろうか。

彼は雛希を見つけると、まっすぐに近づいてきた。その遠慮のない足取りに雛希の身体が自然強張る。

自分は昨日、彼に不愉快《ふゆかい》な思いをさせたから、今日はきっとその仕返しに現れたのだ。彼は子供にも手加減しない主義だから、きっと容赦なく怖いことをされる。

だんだんと視界いっぱいに広がる彼の姿と、雛希に覆い被さってくる園長先生の影が重なって、思わず身を竦めて縮こまった時。

すっ、と彼が膝《ひざ》を折り、その長身を屈《かが》めて雛希の目線まで下りてきてくれた。

「ちょっと、話したいんだけど」

「……え？」

ぱち、と目を開けると、どこか決まり悪そうな、照れているような彼の表情が目に入る。

「向こうで、いいか？」

「……うん」

どうしてなのか、今日の彼には昨日、雛希の鼻についた強さの押しつけのようなものがない。思わず頷《うなず》くと、彼はちょっと笑って、その大きな手を雛希に向かって差し出してくれた。

「じゃあ、ほら、行くぞ」

雛希は少しだけためらってから、その手をおずおずと握る。

「お前、冷たい手してんな、ガキのくせに」

それは彼の手が温かいからではないのかと雛希は思った。教室を通り抜ける時の、周りの子供たちの羨望《せんぼう》の視線は少々居心地の悪いものだったが、彼と手を繋いで歩くのは嫌いじゃない、と感じた。


園の子供たちが親族などに会うための面会室で、彼は雛希の前に自販機で買ったオレンジジュースを置いた。

「俺の奢《おご》り」

自分は缶コーヒーのプルトップを開けながら、軽く顎《あご》をしゃくってみせる。雛希は小さく頭を下げて紙パックに入ったそれをストローで啜《すす》った。オレンジの酸味が、緊張を解きほぐしてくれるようで、心地よい。

「あのさ、昨日、ごめんな」

「え？」

どんな話をされるのかと、まったく見当がついていないわけではなかった。それでもいくつかの予想の中に、率直《そっちょく》に謝罪されるというパターンは見当たらなくて、雛希は予想外のことに目を丸くする。

「ガキ相手でも手ぇ抜かねえっていうポリシーは変わんねえけど、一括《ひとくく》りにすんのはやっぱ間違ってたかなーって。俺、なんかお前の地雷《じらい》踏んだっぽいし」

「…………」

ストローを咥えたまま、雛希は九歳の子供に頭を下げる彼を唖然《あぜん》として見つめていた。

皆、どこか異質な自分を遠巻きにして見ていた。施設の職員もまた、自分を大人に心を開かない子供として構えた態度で接してきた。

園長先生は自分との行為を、誰にも言わないようにと厳命した。このことを知ったら、みんな雛希のことを恥ずかしい子だと思うようになる、と。雛希とて、そんなことはとても人に言えるものではない。だから口止めされなくても黙っていたに違いないが、時々その秘密を抱えていることに耐えられなくなる。

だけど、誰になんて言えばいいのか。

一人途方《とほう》に暮れていた雛希の前に現れた彼は、闇夜《やみよ》で迷っていた自分を明るい所へ導いてくれるような気がした。

「あ、あの……ね」

「うん？」

ジュースを置き、それを摑んだままの自分の手元をじっと見つめながら、雛希は己の中の葛藤《かっとう》を彼に伝えようとする。けれどそれをうまく言葉にするには、その時の雛希は少しばかり幼すぎた。

「僕、変な匂《にお》い、する？」

彼には自分の異質さがわかるだろうか。周りの子供たちとは明らかに違ってしまった内面を。淀《よど》んだ臭気を。

「匂い？」

彼は雛希の頭に顔を近づけ、くんくんとそのあたりを嗅《か》ぐ。それから椅子《いす》に座り直すと、怪訝《けげん》そうに首を捻《ひね》った。

「シャンプーの匂いしかしねえけど？」

「……本当に？」

「ああ」

率直な彼がわからないと答えている。それでは自分は、まだ身体の芯《しん》までは腐敗《ふはい》してはいないということなのだろうか。

「なに、お前、そんなこと言われて苛《いじ》められてるわけ？」

それでもまだ、雛希には本当のことを言う勇気がなかった。この誠実な彼に、自分がされたおぞましいことは知られたくない。

「……うん」

「安心しろよ。なんも変な匂いなんかしねえから」

にっ、と笑うその表情に、雛希はわけもなく泣きたくなった。目の前の彼に縋って、つらかったと、助けてくれと訴えてしまいたくなる。

「お兄ちゃんは……、僕のこと、嫌い？」

「え、なんで？」

「だって。……生意気なこと言うし、今だって変なこと聞くし」

やっとの思いでそう伝えると、彼は一瞬だけ無表情になって雛希を見た。やっぱり、変な子供だと思われたかもしれない。昨日、嫌な態度を取ったにもかかわらず、再び来てくれた時は彼ならあるいは、と思ったのだが、どうやらそれは自分の思い込みだったようだ。

「――――ごめんなさい。気にしないで」

「なんだよ。お前、昨日と全然態度違うじゃねえか」

ふいに破顔した彼は、笑い交じりに言うと、ぐしゃぐしゃと痛いくらいに髪をかき回してきた。

「ちょっ…、痛いよ！」

「そうそう、そうしてた方がガキらしいぜ」

からかうような彼の言動に調子を外され、憤慨《ふんがい》しつつも、園長先生に触《さわ》られた時とはまったく違う温かみに安堵を覚えた。それが不思議で、いったい彼はどんな人なんだろうと知りたくなる。

「けっこう可愛いんだから、適当に愛想《あいそ》振りまいてりゃみんなお前のこと可愛がると思うけどな」

みんなじゃなくていい。お兄ちゃんが見ていてくれたらそれだけでいい。

ふいに心の表層に浮かび上がってきた感情に、雛希は自分で驚き、戸惑《とまど》った。

「シギって呼べよ。仲いい奴はみんなそう呼んでるから」

鴫原だからシギ。ただ縮めただけじゃねえかよ、と彼は自分の愛称についてそう笑い飛ばす。

「シギお兄ちゃん？」

「お兄ちゃんか……、まあいいけどな」

彼はそう呼ばれるのがどこかくすぐったそうだったが、親兄弟のいない雛希にとって、そんなふうに呼ぶことのできる存在ができるのがどれだけ特別なことか、きっと彼は知らないだろう。

「そういや、お前の名前は？」

「雛希」

「やたら可愛い名前だな。まあお前に合ってるけど」

今日から友達だ、と言われた時、雛希は信じられない思いでいっぱいになった。それは何年経《た》っても雛希の胸の中に鮮やかな場面として思い返すことができる、宝物のような一瞬だった。

そしてその思い出が鮮やかな分だけ、かえって自分を苦しめてしまうことを、雛希は後になって知った。


それから鳴原はちょくちょく園に顔を出しに来た。彼女のミキと連れだって来ることもあるし、一人でやってくることもある。彼は園の子供の人気者だったので、来ると遊びに誘われるが、ひとしきり相手をした後は必ず雛希の元を訪れた。

他の子供たちから孤立していたような雛希も、鳴原のおかげでなんとか前のように皆に溶け込めるようになった。お前は何も変じゃないと、彼が言ってくれたからだろう。

鳴原は学校の勉強も見てくれた。もともと呑み込みは悪くなかった雛希だったが、彼は教え方がうまかった。ミキが言っていたが、鳴原は高校でも優秀な部類に入るのだそうだ。

とてもそんなふうには見えない、と正直に言うと、ミキは笑ってそうよねえ、と返した。

だが、これは内緒だけど、と声のトーンを落とした彼女は、彼の家庭環境についても語ってくれた。

鳴原の家は父親が市議会議員を務《つと》めており、裕福だが、彼自身は家族とあまりうまくいっていない、ということだった。

「だから家にもいづらいみたい。それで強引にここに連れてきたんだけど、雛希くんと仲よくなったみたいでよかった」

あの陽気な彼にそんな一面があったのだと知って、雛希はひどく驚いた。両親のいない自分と、家族とうまく折り合えない彼。どちらがマシなのだろうかと思いかけて、雛希は無駄な考えを捨てた。そんなものは多分、比べられることではないのだ。ただ自分と会うことで、彼の心が少しでも安らぐのなら、それでいいと思った。

鳴原の存在によって、曇り空だった雛希の世界に日が差してくる。この雨はいつやむのかと、天を見上げて嘆息《たんそく》するだけの日々にも時折快晴が訪れるようになった。

雛希はその晴れの日を、何にも代え難い思いで待った。

「なあ、お前のこと、園から連れ出していいの」

「え？」

学校から出された夏休みの問題集を解いていた雛希に、ふいに鳴原はそんなことを言ってきた。

「来週さ、河原で花火大会あるだろ。夜だけど、連れてってていいのかなって」

年に一度行われる花火大会は、かなり大規模なものらしい。夜店などもたくさん出て、それは賑やかなのだそうだ。雛希も当日の様子をテレビのニュースなどで見たことがあるが、実際には行ったことがない。

「行きたい！　ええと、先生に許可を取れば大丈夫だと思う」

「そっか。じゃ、聞いてみるかな」

児童の夕方五時以降の外出には、保護者の同伴が必要だ。保護者、つまりは十八歳以上の付き添いが必要なわけだが、幸いにも鳴原は十八の誕生日を迎えたばかりだった。

ふくよかな印象の女性職員は、ミキや鳴原ともよく話をしていたので、問題ないだろうと届けを出してくれた。

シギお兄ちゃんと一緒に花火を見に行く。それはどんな時間なのだろう。夜店で綿アメなんかも食べられるのだろうか。でも人がたくさんいるだろうから、はぐれないように充分注意しないと。お兄ちゃんの手をしっかり握って、人波に流されないように。

楽しみにしていたその予定は、だが直前になって叶わぬものとなった。

園長先生の物言いがついたのだ。

「十八歳といっても、鳴原くんはまだ高校生だからね。保護者の資格を満たしていない」

そう言ってじろりと睨《にら》まれてしまうと、雛希はもう身が竦んでしまって、何も言うことができなくなった。もともと園長先生は、雛希が鳴原に懐いているのを、あまりよく思っていない。ただ彼が議員の息子なので、あまり強引な態度に出られないだけだった。

「うちの大事な児童に何かあったら大変だからね」

「……そうですか」

「君ももうすぐ夏休みが終わるだろう。ボランティアもけっこうだが、学生の本分は勉強だよ」

交渉の余地も期待できず、鳴原は頭を下げて園長先生を見送った。だがその姿が見えなくなると、壁を蹴る真似をして悪態《あくたい》をつく。

「んだよ、ムカつくなあ！」

「ごめんね、お兄ちゃん」

もし他の子供だったなら、許可が出ていたかもしれない。おそらく雛希が園長先生の『お気に入り』だから、あのことを鳴原に言うのではないかと疑っているのだ。

そんなこと、言いはしないというのに。

この、雲の切れ間から差し込む光のような彼に、男に弄ばれている自分の姿など、想像すらもさせたくない。

「……ま、ダメっつうんならしょうがねえか」

雛希がしょんぼりと肩を落としているのを見て、鳴原は表情を和らげた。窓から外を見て何か考えついたのか、誰にも聞こえないようにそっと雛希に耳打ちしてくる。

「あのな。花火が始まるの七時からだろ。そっから三十分だけでも部屋から抜け出せるか？」

「え？ ……うん、消灯は九時だし、その時間なら多分大丈夫だけど……」

「よし」

鳴原は立ち上がり、大きく頷いた。

「裏の山あるだろ」

「うん」

施設の裏は小高い山になっていて、秋になるとよく栗拾《くりひろ》いなどの行事が行われる。

「あそこから花火見えんだよ。七時になったら裏門に迎えに来るから、三十分だけこっそり見に行こうぜ」

「……ほんとに？」

もうすっかり諦《あきら》めていた雛希にとって、その案は最後の希望のように感じられた。夏が終われば、鳴原はもうおいそれとここへは来られなくなる。夏の終わりに開かれる花火大会を、雛希は大切な思い出にしたかった。

「ああ。まあ、三十分くらいが限界だろうけど」

「ううん、それでいい」

たった三十分だけでもいい。彼と手を繋ぎ、花火が見られるならば。

「じゃあ、見つからずに来いよ」

「うん！」

鳴原が小指を差し出したので、雛希もまたそれに自分の小指を絡める。

「約束」

指切りげんまん、と手を振って、繋いだ指が離れた。その瞬間、雛希の胸にふと何か雲のようなものがかかって、細い首を上げて鳴原を見る。なんだろう、この嫌な感じは。

「どうした？」

「……ううん」

きっと気のせいだろう。園長先生から許可が下りなくて、気落ちしているだけだ。ほんの一瞬でも、彼と花火が見られるのなら、それに感謝しなくては。

多くを望むのは危険だ。望めばその分だけ叶わなかったときの失望も大きくなり、自分を傷つける可能性がある。そんなことを、雛希はこの年にして理解してしまっていた。

「そんな顔すんなって。俺が高校生だからダメだっていうんなら、来年は問題ねえだろ」

「……来年も、来てくれるの？」

思いがけない申し出に、雛希は呆然《ぼうぜん》として、呟《つぶや》くように聞き返した。それはつまり、雛希との関係をこの夏限りにするつもりはないということだろうか。鳴原は何げなく言ったのかもしれないが、これまで誰にも顧《かえり》みられなかった雛希にとって、その一言は衝撃だった。

嬉しいはずなのに、あまりに現実感の薄い言葉を反芻《はんすう》する。鳴原はそんな雛希には気がつかない様子で、ああ、と答えた。

「お前、ほっとけねえもん」

優しいことを言われて、雛希の中に温かいものが満ちる。約束なんて不確かなものを信じるのはこれまで怖かったけれども、彼の言うことなら大丈夫だろうか。

「そんな先のこと、わからないんじゃないの」

「疑《うたぐ》り深《ぶか》いな、お前」

鳴原は呆《あき》れたように肩を竦めたが、それでも雛希の思いは理解してくれたようだった。彼は膝を折って雛希に目線を合わせ、軽く雛希の頬《ほお》を摘《つま》むようにしてから微笑《ほほえ》む。

「大丈夫だって。何があっても連れてってやるから」

「本当？」

「本当」

念押しの答えにようやく雛希は笑顔になった。鳴原はそれを見て満足したように立ち上がり、じゃあな、と手を挙げる。

来年はきっと楽しいことが待っている。今年は駄目だったけど、次こそはきっと。うう

ん、裏山でこっそり見る花火だって構わない。

雛希は帰っていく鳴原の背を、祈るように見つめていた。


その年の花火大会は、直前まで雨が心配されたものの、どうにか晴天で迎えられた。

雛希は朝からそわそわしている。無理もない、今日は短い時間とはいえ、ここを黙って抜け出すのだ。他の子供たちは時折こっそりと抜け出してコンビニや本屋などに行くこともあるようだが、雛希はこれまでそんなことはしたためしがない。

夕食が済んで、自分の部屋やプレイルームで時間を過ごそうとする子供たちからそうっと外れ、雛希は鳴原との約束のために、裏門へと向かおうとした。

裏門に行くには、長い廊下の先にある通用口を通らなくてはならない。雛希がひょいっと頭を出してその先を窺《うかが》うと、人けのないシン、とした空気がそこに漂っていた。

――大丈夫。これなら行ける。

ほっと胸を撫《な》で下ろし、雛希は足音を忍ばせてその廊下を足早に進む。ここを出た所で鳴原が待っている。そう思うと、雛希の足は自然、駆け足に近いものになっていた。

やがて長い廊下の先に辿り着き、雛希はドアのノブに手をかけて一気に回そうとする。

ガキッ、という固い手応《てごた》えが小さな掌《てのひら》に跳ね返ってきた。

――えっ。

通用口のドアは、施錠《せじょう》されていた。

「ど、どうして……？」

いつもはこのドアには鍵《かぎ》なんかかかっていない。雛希は焦ってガチャガチャとノブを左右に回してみたが、重い鉄の扉はびくともしなかった。

――どうしよう。

ここが開かないとなると、あとは正面玄関《げんかん》からぐるっと建物を回って裏手に出るしかない。だが、そこまで見つからずに行けるだろうか。

その時、遠くの方でドン、という大砲のような音が聞こえた。花火大会がもうすぐ始まるという合図だ。

「……っ」

その音に勇気づけられるようにして、雛希は踵《きびす》を返す。

正面玄関から出て裏口に回ってみよう。もう時間がない。

さっき通ってきた廊下を戻り、ほとんど走りだしていた雛希が角を曲がろうとした時、横から黒い影がゆらりと現れた。思わず悲鳴を上げかけた雛希だったが、それが誰かわかった途端《とたん》、喉の奥でひっ、と反射的に息を呑み込んでしまう。

それは、今最も会いたくない人物だった。

「どうしたんだ、雛希」

「――――……っ！」

廊下の照明は薄暗い。恰幅《かっぷく》のいい園長先生は、まるで大きな闇を纏《まと》ったかのようにそこに立っていた。膝が知らずに震え、雛希は突っ立ったまままもう一歩も動けなくなってしまう。

「そんなに慌ててどこへ行こうというのかな。……ああ、あそこから出ようとしたのか？最近はいろいろと物騒だからな。ちゃんと鍵をかけるようにしたんだ」

園長先生の影は、そう言ってにたり、と笑いを浮かべた。

「ひ……っ」

雛希は叫びだしそうになって、両手で口を押さえる。涙で視界が滲んでくるのに、目の前の恐ろしい影だけはくっきりと目に入った。

「あれほど駄目だと言ったのに、鳴原くんと出かけようとしたのか、悪い子だね。……お仕置きをしないとな」

大きな手がゆっくりと伸びてきて、雛希の腕を掴む。少しの容赦もなく強くねじ上げられ、細い肩と腕が痛みを覚えた。

「痛い…痛いっ！　ごめんなさい、ごめんなさいっ…！」

雛希は無我夢中で謝るが、許しなど、与えられるはずもないのだ。園長先生はいつも、雛希がどんなに泣いて懇願しても、気が済むまで陵辱《りょうじょく》をやめない。

そして引きずるようにして連れていかれる寸前、雛希は振り返って通用口のドアを見た。

そこはやはり、閉ざされたままだった。

雛希は園長室の床に蹲《うずくま》り、ガタガタと震えて涙を流していた。

「さあ、そろそろ反省したかな」

園長先生は手にしたプラスチック製の定規を机の上に放り、全裸の肌に無数の赤い痕《あと》を残した雛希に向かってことさら優しい口調で言う。

「は…、は…いっ、ごめんなさいっ…」

抗《あらが》う気力などあるはずもなかった。絶対的な大人である園長先生は、常に圧倒的な暴力で雛希を支配し、服従させる。無力な子供でしかない雛希は、どんなに理不尽《りふじん》であろうとも言うことを聞くしかない。

――――誰か、助けて。

園長室での暴行を、他の先生たちも薄々わかっているはずなのだ。けれど園長先生には逆らえないのか、あるいは面倒なことに関わりたくないのか、誰も雛希に救いの手を差し伸べてはくれない。

定規で打たれた身体はひりひりと痛んでいた。特に重点的に叩かれたお尻がひどい。だけど痛いことをされているだけなら、まだいくらかはマシだった。

「反省しているなら、することはわかるね?」

園長先生がズボンの前を開けて、その中身を取り出す。それは雛希にはひどく醜悪《しゅうあく》なものに見えた。だが、今からこれを口で咥えて、死ぬほどの吐き気に耐えなければならない。

「いや…、許して…、それは嫌です…っ」

嫌々と首を振ると、大きな手が雛希の頭をぐっ、と掴む。グロテスクな肉塊《にくかい》が目の前に迫ってきて、雛希は固く目を瞑《つぶ》った。過去、許されたことは一度もない。雛希が観念して口を開きかけたその時。

「――――おい、何やってんだ!?」

濁った空気の中に、ふいに鋭い刃物のような声が切り込んできた。

ハッと目を開け、横目で見ると、入り口のドアが開いていた。園長先生は必ずそこに鍵をかけてから雛希にお仕置きをするのに、今日はたままかけ忘れたのだろうか。

戸口に立っている人影は逆光になっていて、一瞬誰なのか判別できない。だが雛希にはそのシルエットだけでわかった。通用門の先で待っていたはずの、鳴原だった。

「――シギお兄ちゃんっ…！」

雛希は園長先生を突き飛ばし、彼に助けを求めるように手を伸ばす。

「雛希っ⁉」

鳴原は部屋の中の惨状を見ると、信じられないように表情を凍りつかせた。裸で泣いている雛希の姿を目に留めて、驚愕《きょうがく》の表情で彼もまた手を伸ばす。だが雛希の腕は、寸前のところで園長先生に封じられた。

「――言ったのか、雛希っ！　私のことを、こいつに言ったな！」

パン、と衝撃が頬で弾ける。現場を押さえられ、園長先生は完全に冷静さを欠いてしまったようだった。倒れ込んだ雛希は引きずり起こされ、顔と言わず身体と言わず、何度も手が振り下ろされる。

「やめろっ！」

飛び込んできた鳴原が園長先生に摑みかかった。

「てめえ――なんてこと――なんてことしやがるっ！」

獣《けもの》のように吠《ほ》えた鳴原が、園長先生を拳《こぶし》で殴《なぐ》りつけた。二度、三度と肉がひしゃげるような音が響き、脂肪《しぼう》を纏った肉体が机の方に吹き飛ばされる。

ガツン、と嫌な音がした。

雛希が恐る恐るそちらの方に顔を向けると、園長先生の身体が糸が切れた人形のように床に倒れ込むのが映る。

仰向《あおむ》けの園長先生は目を開いたままだった。そして床の上に、頭から出たとおぼしき赤黒い血がみるみる広がっていく。

「…お、兄ちゃ……」

雛希は掠《かす》れた声で鳴原を呼んだ。彼もまた、拳を握りしめたまま呆然としてその光景を見下ろしている。

物音を聞きつけたらしい職員が部屋を覗《のぞ》き込んで上げた悲鳴を、雛希はどこか遠い所で聞いていた。

「じゃあ、行きましょう、雛希くん」

「はい」

真新しい服に身を包んだ雛希は、温厚そうな夫婦に促《うなが》されてタクシーに乗り込んだ。

「雛希くん元気でね」

「身体に気をつけて」

園の前で、職員たちが口々に別れの言葉をかける。

「お世話になりました。さようなら」

雛希はぺこりと頭を下げ、車の窓から手を振り返した。夫婦もまた会釈《えしゃく》を返し、車は程なくして走りだす。

――お兄ちゃん。

過ぎ去ってゆく見慣れた景色をぼんやりと眺めながら、雛希は胸の奥にある面影をそっと思い起こしてみる。今はもうどこかにいなくなってしまった、優しい人のことを。

あの事件から一年が過ぎている。

下谷《しもたに》の死亡は過失として処理された。雛希への虐待《ぎゃくたい》は現行犯として押さえられていたし、鳴原が未成年だったことと、そして彼の父親が市会議員だったことも影響したのだろう。とにかく、彼は罪には問われなかった。

だが、次の年、彼は大学受験に失敗したという。伝聞《でんぶん》なのは、鳴原があれ以来雛希の前に姿を見せなかったからだ。

「雛希くんも、鳴原くんと会うと思い出しちゃうでしょう？」

園の職員が、もう雛希と会わないでくれと鳴原に伝えたらしい。その時はどうして、と憤《いきどお》ったが、鳴原は自分たちの施設の中で起きた『死亡事故』の要因となった人間だ。そういった者を、事件後もおいそれと施設の中に入れるわけにはいかなかったのだろう。

ある日、彼と交際していたミキがやってきて、今にも泣きそうな顔で雛希に話してくれた。彼女もまた、鳴原との関係を解消してしまったのだという。

「シギね、いなくなっちゃった」

地元の短大に推薦入学したというミキは、髪の色を少し明るくし、薄くメイクをしていた。

あれ以来、彼と家族の仲はもう決定的に断裂し、家では腫《は》れ物に触るような扱《あつか》いをされていたらしい。罪には問われなかったとはいえ、狭《せま》い田舎町《いなかまち》のことである、その背景すら鑑《かんが》みられずに、ただ『人を殴り殺した』という噂だけが独《ひと》り歩きし、鳴原を孤立させていった。

そうして浪人すべく予備校に通っていた鳴原だったが、夏の訪れとともに町から姿を消した。

「ほとんど家出同然だったらしいけど、ご家族も捜す気がないみたいで」

雛希くんに伝えてくれって言われたの、とミキは呟く。

「雛希くんは何も悪くないから、胸張って生きろって。あと、約束守れなくてごめんって言ってた」

その言葉は、ひどく現実味のないものだった。

あの時の雛希にとって、鳴原の存在は何よりも大きなものだった。そして彼が雛希に関わったせいで自分の人生を棒に振ってしまったことは、紛れもない事実だ。

胸を張るなどと、どうしてそんなことができるのだろう。

腫れ物に触るような扱いというなら、それは雛希も一緒だった。表面上は平穏な生活が戻ってきたが、皆自分にどう接していいのかわからない様子だ。

それならそれでいい。シギお兄ちゃん以外、誰も側にいてほしくない。

程なくして舞い込んだ養子縁組の話も、どうでもよかった。別に、どこへでも連れていけばいい。

「……嘘《うそ》つき」

雛希は誰にも聞こえないように、車の中でこっそりと呟いた。

来年は花火を見に連れていってくれるって約束したのに、後になって謝るのならどうしてあの時約束なんかしたのか。

でも、それも自分のせい。雛希が彼の人生をめちゃくちゃにしたからだ。

寒々しい思い出しかない町を後にして、雛希は東京へと向かっていった。

「――っ」

ぼんやりと思考の淵《ふち》に沈んでいた意識が、車内のアナウンスで現実に引き戻される。電車を降りて改札を抜けると、そこは静かな住宅街だった。あたりはすっかり暗くなっている。雛希《ひなき》の自宅は、その駅から歩いて十分ほどの所にあった。

ここのところ子供の頃のことを思い出すことが多くなった。それはおそらく、先週彼と思わぬ形での再会を果たしたせいだろう。もっとも、自分は名乗らなかったから、彼は雛希が誰だかわからなかったようだが。

なぜあんなことをしてしまったのだろう。

媚薬のせいで正気でなかったとはいえ、兄のように慕っていた彼と事に及んでしまうなんて。

そんなふうに思って、雛希は、ふっと自嘲《じちょう》に口の端を上げる。

――何を今さらだ。自分はずっと、彼とああしたいと思っていたじゃないか。

鴫原《しぎはら》は変わってしまっていたが、それは自分とて同じことだ。

園長先生からの性的な暴行を受け続けていた雛希には、思春期になって歪んだ性癖が現れた。

誰かに手ひどく扱われ、支配されて喘《あえ》がされたいという衝動。それに気づいた時、雛希は絶望にも似た感覚を味わった。あんなにも嫌だと思って、泣いて許しを請うていたのに、どうして、と。

雛希を施設から引き取ったのは、事業を営んでいるという善良な夫婦だった。長く子供に恵まれず、雛希の境遇《きょうぐう》を知って、ぜひ縁を結びたいと願い出てくれたらしい。

養父母は優しくしてくれ、何不自由ない生活を与えてくれた。雛希は彼らのおかげできちんとした教育を受け、大学にまで通っている。なのに、子供の頃の闇は雛希を追ってきては苛む。

きっと、自分がそれを忘れようとしないからだ。だって昔の記憶の中には彼がいる。たとえ生乾きの傷を抱えることになっても、彼のことを消すことはできなかった。だから雛希は鳴原との記憶と一緒に、汚辱《おじょく》にまみれた性癖さえも受け入れることにした。

そうしてとうとう欲望に負けた雛希が最初に関係を持ったのは、近所に住む会社員だった。お互いにセックスだけと割り切った関係だったが、その男は雛希の性癖を知ると、おもしろがるように様々なプレイを仕掛けてきた。それらに溺《おぼ》れ、肉体は満足を得ても、だがこんなものかというどこか満たされない思いがいつも残る。その男が転勤で去っていき、他の男に身を任せてもそれは同じだった。

——彼だ。

この身体の中には彼がいる。

雛希の前から消えてしまった彼。自分が本当に抱かれたいのはあの人なのだと理解した時、雛希は泣いた。そして笑った。

彼が未来を捨ててまで守ってくれたものを、これ以上ないくらいに粗末にしている自分が、どうして彼に抱かれたいなどと言う資格があるのか。そもそも彼はどこにいるのかすらわからないのに。

それでも、もしかしてこの東京なら会えるのではないかと思っていた。そうして大学の先輩から、違法カジノの店長が鳴原という名前だと聞いた瞬間、雛希は逡《しゅん》巡《じゅん》する間もなくそれに飛びついていた。

あの夜からちょうど一週間。彼の感触は、今も身体に残っている。自慰《じい》の時に何度も頭に思い描いていたそれが実際に雛希の身体を貫いた時、稲妻《いなずま》に打たれたような快感に全身を震わせた。

——もう一度、会いたい。

際限のない自分の欲に呆れてしまう。忘れることができなくて、あんな形で再会して痴態を晒して、それでもなお求めてしまう。

だけど、あの夜の『悪いウサギ』が雛希だと知ったら。

彼はいったい、どんなふうに思うのだろうか。

「あなた方、何を言ってるんですか、雛希をそんな……、今はそんな時代じゃないんですよ！　身売りにだなんて……！」

自宅に戻ると、養母が応接間で卒倒しそうに声を荒《あら》げていた。自分の名前が出ていたことも気にかかり、ふと足を止めて中を窺う。そこには養父母がどこか沈痛な顔をして座っており、ソファの対面にはスーツ姿の男がいた。

雛希が部屋の前に佇んでいると、それに気づいた母親が怖い顔をして「部屋へ行きなさい」と短く言った。

「ああ、ちょうどいいじゃないですか。息子さんの意向を聞きましょうよ」

ここのところの不景気で、養父の会社がうまくいっていないということは雛希もなんとなく知っている。だが様子を尋《たず》ねても、大丈夫、心配ない、と笑うだけで、詳しい内情は教えてくれなかった。

「すまない、雛希」

養父が顔を伏せて呟く。何かただならない事態になっているらしいが、雛希はわけがわからず戸惑うばかりだった。

「どうぞこちらへ。私からお話しさせていただきます」

スーツの男は、多分養父の会社に融資をしている者なのだろう。きちんとした身なりをしていて、一見そんなに悪い印象は受けなかった。雛希は言われるままに応接間に入り、青い顔で俯《うつむ》いている養父母を横目にソファに座る。しかし男の口から出たのは、とんでもない内容だった。

「……仕事、ですか」

「ええ。今現在お父様の会社は、多額の負債を抱えています。このままでは早晩、倒産の危機に見舞われることでしょう。ですが、あなたの働きによってそれを回避することができるのですよ」

まずしかるべき施設へ行って教育を受けてもらう。それから『雇用主』との対面の後、専属契約を結んでそれ以降はその雇用主の元で働く。それだけ聞くなら、何も問題ないような話だった。

だが先ほどの養母の様子と話しぶりから、それがただの仕事などではないことは容易に理解できた。つまりソープなどと変わらない類のものなのだろう。

「ここに詳しく書いてあります」

そう言って男は意味ありげに笑った後、一枚の紙を雛希だけに渡す。そこには雛希が受

ける べき教育や、仕事内容などが包み隠さずに書かれてあった。

「……俺がここへ行けば、会社の借金はどの程度減りますか」

「まったくゼロに、というわけにはいきませんが、三分の一以下にはなります。それならば充分《じゅうぶん》に再建の余地はあるでしょう。そうですよね、里川《さとかわ》さん？」

養父はすでにそれを知らされていたらしく、無言でテーブルの上を見つめていた。

――なるほど、こういう運命か。

もう一度その紙に目を落とした時、雛希はそこにある名前を見つけた。驚いた表情は、誰にも気づかれなかっただろうか。

前言は撤回しなければならない。これはきっと、運命の神様が、こんなどうしようもない自分を哀《あわ》れんで、最後のチャンスをくれたのだ。

「……いいですよ。ここへ行きます」

「雛希！」

母親が怒気をはらんだ声で自分を呼んだ。

「雛希、お前……」

父親は驚いた様子で雛希を見るが、やがて声を詰まらせて黙り込んでしまう。

「駄目よ、雛希。こんな話に乗ったら、取り返しがつかないことになるわ。せっかくあなたを引き取って、ここまで大切に育ててきたのに……！」

そう。だけど、あなたたちが愛情を注《そそ》いでくれた子供は、それに見合うだけの立派な人間にはなれなかった。そのことに後ろめたさを感じていたけど、やっとここで、少しは役に立てる――、雛希はそう思った。

「父さん、母さん、俺を今まで育ててくれてありがとう。こんなことで恩返しができるなら、俺はいいよ」

我《われ》ながら白々しい台詞《せりふ》だなと思った。

確かに、これまでの恩義を感じているのは事実だ。だが雛希が自らここへ行きたいと願ったのは、もっと別の――身勝手極まりない理由からだ。

「雛希……」

母親は絶句して、涙の溜まった目でこちらをひたと見つめてくる。その真摯《しんし》な眼差《まなざ》しが心苦しくて、雛希はそっと視線を外した。

「息子は……、ここへ帰ってくることはできますかね」

父が低い声で男に問うと、彼はそうですね、と頷く。

「雇用主が、充分に働いてくれたと満足すれば契約は終了します。別に永《なが》の別れになるわけではありませんよ」

だが、その保証もないのだろう。

母親は目頭にハンカチを当て、父は男の言葉を信じるしかないように苦々しく俯いた。

「ごめんね、ごめんね雛希」

「雛希、すまん、私たちがもっとしっかりしていれば……」

善良な養父母はそんな自分に泣いて謝る。そんなに悲しむことはないのに。自分のような最低の人間は、こんなことぐらいでしかあなたたちの役に立つことができない。

「俺は大丈夫だよ」

そう、自分はもう何も知らなかったあの時の子供ではない。だからどんな目に遭っても平気なのだ。

そして堕《お》ちるところまで堕ちても、あの人にまた会えるなら。

彼と同じように、この先の人生を棒に振っても本望だと思った。

「――おいおい、シャレになんねえって……」

手元の資料と目の前の雛希を交互に見比べ、彼は――鳴原冬真《とうま》は、気のせいでなければ引き攣った表情で笑った。その目は険をはらんでいる。

そんな様子を黙って見つめながら、雛希は彼の次の言葉を待つ。罵倒《ばとう》か、軽蔑《けいべつ》か、あるいは憐憫《れんびん》か。

「お前、あん時、わかってたのか」

「あの時って？」

「お前がここに来て俺とヤッた時だよ」

鳴原の声が低く震える。彼はこの上なく怒っているようだった。長い年月を経《へ》て大人になった雛希本人だと理解した上で、懐かしがるわけでも、驚くでもなく、ただ、怒っていた。

当然か。

だまし討ちのようなことをしたのは、雛希の方だ。

「知ってた。シギお兄ちゃんだと知ってて抱かれた」

「その呼び方やめろ！」

机の上に資料を叩きつけるようにして声を荒げた鳴原に、雛希はビクリと肩を震わせる。そこをすかさず摑まれて壁に押しつけるようにして追い込まれた時、煙草《たばこ》とコロンの匂いがした。昔の彼からは、しなかった香り。

「お前……、お前な、ここに来るってことが、エンジェルになるってのが、どういう意味かわかってんのか」

「知ってるよ。家に来た人が全部説明してくれた」

雛希は今日、エンジェルの調教施設も兼ねているルナマリアに連れてこられる前に、自分がするべきことをあのスーツの男から教わった。

男の経験はあるのかと聞かれて、ある、と答えると、それならばまだ教育はつらくないかもしれないと言われた。

「あとは調教の過程で適性を見るが、多分君はダイヤの原石だ。上に推薦しておいてよかったよ」

その男は養父が金を借りた金融関係の会社の人間だが、同時にヘヴンという組織でスカウト業に携わっているという。雛希のように親やあるいは本人が債務超過に陥っているところで、これはと思う人材がいれば返済と引き換えにその身柄を要求する。そしてその人材がエンジェルと呼ばれる性奴として調教され、商品として『出荷』されると、スカウトマンにも何割かの報酬が入るという仕組みらしい。

「育ててくれた人たちが困っていたから、この話に乗ったんだよ。確かにあの時はシギお兄ちゃんを捜してここに来たけど、それとこれとは話が別だ」

「……ずいぶん感じ変わったな、お前」

「子供の頃と比べてどうするの？　そこに全部書いてあるんだろ、俺の性癖」

雛希はデスクの上でバラバラになった資料を指差す。スーツの男に性嗜好《せいしこう》などを聞かれたので、雛希は包み隠さずすべてを話した。

「……施設でのことが原因か」

あの夜とは打って変わった苦い顔で鳴原は尋ねる。雛希の被虐性《ひぎゃくせい》についてだろう。

「さあ。そうかもしれないし、違うかもしれない。でもそれは本当のことだよ」

あの時抱いて、そう思っただろう？

雛希が挑むように鳴原を見上げると、彼はなぜか耐えかねたように視線を逸らす。悲しく思いながら、それでも雛希は彼に手を伸ばすしかなかった。

「シギお兄ちゃんは……、お兄ちゃんの仕事をすればいい。俺をエンジェルにしてよ」

鳴原は射るような鋭い視線を雛希に投げつけると、忌々《いまいま》しそうに口元を歪める。

「俺がしたこと、全部無駄にしやがって」

その言葉を言われるとつらかった。彼の未来を奪って、自分はいったい何をしてたんだろう。でも雛希だって、彼がいなくなってしまってずっと寂しかったのだ。

「……ごめんね」

どうして黙っていなくなってしまったのだ。突然、放り出されるように一人にされて、雛希がどんな思いをしていたのか、彼は考えたことがあるのだろうか。

でも、それを差し引いたとしても、自分には彼のことを責める権利はない。

今の雛希が彼に贖《あがな》えるとしたら、この身体を差し出すくらいしかないだろう。

「お遊びじゃねえんだぞ。わかってんだろうな」

「わかってる」

本音を言えば、雛希とて少し怖い。けれど、それを凌駕《りょうが》する大きな望みがあった。

「でも、ひとつだけ、お願い……、いつもでなくていい。時々はシギお兄ちゃんの手で、俺を仕込んで」

養父母に対する恩とか、そんなものは二の次だった。自分はこんな身勝手な願いで、ここに来ている。だから同情などは不要なのだ。怒って憎んで、思い切りひどく責め立ててほしい。

そんなふうに思うことがもうすでに傲慢《ごうまん》なのだと気づいているが、やっと見つけた彼に対する感情は、もう自分でも手に負えなかった。

ルナマリアの地下。そこは以前、雛希が鳴原に抱かれた部屋だった。彼はこの場所を、「知らない方がいいこともある」と言って教えてくれなかったが、今自分はそこで裸に剥かれている。両腕をそれぞれ拘束具で吊《つる》され、冷たい床の上に素足で立たされていた。目の前には屈強そうな男が二人。彼らは雛希の身体を検分するように眺めていた。恥ずかしい所を隠すこともできず、込み上げる羞恥に唇を噛む。

やはり彼は来てはくれないのか——と項垂《うなだ》れたところで、ふいに部屋のドアが開いた。

「シギさん」

「ああ、構わねえ。続けて」

鳴原は咥え煙草でつかつかと入ってくると、壁際の机に腰かける。すぐに男のうちの一人が、彼の側に灰皿を置いた。

「珍しいですね。調教に加わるなんて」

「うん、まあ、適当にやるから、始めろよ」

鳴原は少し離れた場所で雛希をじっと見つめる。その視線にドクン、と心臓が跳ね上がり、少し身体が熱くなったような気がした。

「この子、けっこう上玉ですよ。顔も身体も、最近のエンジェルの中じゃ群を抜いてる。しかもMっ気ありときたら、いい客がつきそうだ」

「まずお前の感度を調べてやるからな」

そう告げられた後、男たちの指が肌の上を滑《すべ》り始めた。雛希は眉《まゆ》を寄せて目を閉じ、身体中を這《は》う指の感触に声が漏《も》れそうになるのを堪える。

「ふ、ん…っ」

予想していた以上の男たちの巧みな手技に、雛希の息が早くも上がりだした。脇腹を何度も往復され、尻を強く弱く揉《も》みしだかれて、思わず身を捩る。もう一人の男の指は乳首を転がし、肉の薄い腹部を撫で回してきた。

「はあっ、あ…っ」

「いい反応だ。ここもう勃ってきたぞ」

ハッと目を開けて見下ろすと、自分の脚の間のものがまだ触れられてもいないのに硬く張りつめてきていた。狼狽えて目線を上げると、それを苛立《いらだ》ったような強い眼差しで見ていた鳴原と目が合う。

――シギお兄ちゃんに見られている。

俺のこんな恥ずかしい格好を。

そう思っただけで、身体の奥の方からずくん、と疼きが込み上げてきた。

「ああっ」

太腿《ふともも》を開かれ、股間のものを根元から扱き上げられると、身体が勝手にぶるぶると震えだす。男たちの指は雛希の弱い部分を正確に探り当て、強く弱く刺激してきた。ただでさえ感じやすい肉体を持っているのに、二人がかりで嬲《なぶ》られてしまってはひとたまりもない。

「く、う、ふぅうっ…んっ！」

「見られてると興奮するのか？　ならもっと見てもらえ」

片脚がぐいっ、と引き上げられる。

「あっ！　な、なにっ…！」

膝のあたりにベルトが巻きつけられ、それをさらに天井から伸びるフックにひっかけて吊り上げられてしまった。片脚が完全に上がった状態になり、奥の秘められた場所までもが露《あら》わになる。

「よしよし、いい色だ。窄《すぼ》まった形も可愛いな」

「ひぅっ！」

男の指が雛希の後孔に触れ、軽くくすぐった後で入り口を揉み込むように解《ほぐ》してきた。前方はさっきと同じように手で包まれて扱かれ、前後からの快感に全身が火に包まれたように熱くなる。

「あはぁあっ！　あ、あんっ！　や、あぁあ…っ！」

　肌に彼の視線が突き刺さってくる。雛希は身体中を朱に染めて、その羞恥と快楽に支配される興奮を味わっていた。やがて男の指がゆっくりと内部に沈んでくると、ぞわり、と総毛立つような快感が込み上げる。

「んぅううっ！」

「ちょうどいい柔らかさだ。初めてでない分こなれているが、ちゃんと慎みも持っている」

「前の感度も上々だな。先っぽを触るだけで下腹が震えるのがいやらしいぞ」

　男たちがまるで料理の感想のように、自分の身体について何か言っている。だが雛希は不安定な体勢で責められ、それに耐えるので精いっぱいだった。

「あ、あふ…あ…っ」

「気持ちいいか？　イく時は、ちゃんと口に出して言うんだぞ」

　頭の中がぼうっとして、何がどうなっているのかよくわからない。後ろの媚肉をちゅくちゅくと音をさせてまさぐられるたび、重い快感が腰から湧《わ》き上がってきた。前を弄ぶ指が蜜口を何度も擦り上げてくるのもたまらない。

　経験なら豊富な方だと思っていたが、いざプロの手で嬲られると生娘《きむすめ》も同然のようだ。男たちは雛希の性感を的確に刺激しては新たな感覚を植えつけ、より淫《みだ》らな生き物に変えようとしてきた。

「ああ、あっ！　も、もう、だめっ…、い、いっ！」

「ようし、思い切り出していいぞ」

少しも太刀打ちできないままに追い上げられ、雛希は反り返った股間《こかん》から白い蜜を迸《ほとばし》らせた。

「ああああっ！　ああっ！」

頭の中を刺し貫くような鋭い快感に腰を震わせ、雛希は最初の絶頂に達する。まったく堪えることができずに、あまりにも簡単にイかされてしまった。これまでに抱かれた男たちなどまるで話にならないくらいの手管《てくだ》で追い上げられ、雛希は呆然としながら息を喘がせる。

「悪くないな、素直な身体だ」

達したばかりで過敏になっている乳首を摘まれ、雛希はんんっ、と声を上げて背中を震わせる。すると男の一人が双丘を押し開き、淫具を押しつけてきた。

「さあ、ここを緩めてこいつを呑み込むんだ」

「んあっ…！　んんっ…んーっ…！　くぅあっ！」

決して小さいとはいえない大きさのものが体内を侵してくる。射精したばかりのものと乳首を弄びながら挿入され、死にそうな圧迫感がじんじんと内壁を疼かせた。

「欲張りな孔だ。もうこんなに咥え込んでいる」

「あ、ああっ…んっ、お、大きいっ…！」

淫具の微妙な凹凸《おうとつ》が雛希の弱い所に触れ、それだけで腰が震えてしまう。ましてや片脚を上げられている状態では、反応を隠すことなどとても無理だった。

するとそれまで調教を見物していた鳴原が腰かけていたデスクからおもむろに立ち上がり、煙草を灰皿に押しつけて雛希の前に立つ。

「……あっ」

驚いて目を開いた雛希と、どこか感情を抑えつけているような鳴原の視線が一瞬絡み合う。恥ずかしさのあまり雛希が目を伏せてしまうと、彼は濡れて開いた唇に自分のそれを落としてきた。

「ん、んんっ…！」

侵入してきた舌に口腔の敏感な粘膜を舐め上げられ、それだけでイってしまいそうになる。だが喉の奥で甘く呻いて腰を突き上げる動きをした瞬間、彼の指で股間のものの根元を押さえられ、吐き出すことを許されなかった。

「んう、あんっ…！」

「ここからは耐久試験だ。――おい、ベルトくれ」

「はい」

部下から何かを受け取った鳴原の手に、黒革の小さなベルトのようなものが見えた。まさか、と身構える間もなくそれが雛希の屹立《きつりつ》に巻きつけられ、グッ、と締めつけられる。

「くぁあっ！」

最も脆い部分を襲う甘い苦痛。それまで他の男に指で拘束されたことはあったが、こんなふうに本格的に縛《いまし》められたのは初めてだった。おそらく、それを外してもらえなければ絶対に射精はできないのだろう。その恐怖に肌が粟立《あわだ》ち、また腰の奥から熱い疼きが込み上げてきた。こんなことをされても、自分は興奮している。

「…お、にいちゃ…」

わななく唇を指先がなぞっていく。思いもかけない優しい仕草《しぐさ》に、うっとりとその感触を追いかけた瞬間、硬く凝《しこ》った胸の突起をいきなり爪先《つまさき》で弾かれて、雛希は快楽の悲鳴を上げた。

「今から目いっぱい気持ちいいのくるから、がんばって耐えてろよ」

感情の読めない声が降ってきて、雛希の背に思わず怯《おび》えが走る。

「え、な…あっ、あ、ふぁああっ…！」

突然後ろの淫具のスイッチを入れられて、覚えのある振動が内壁を容赦なく責め立てた。背後の男がさらにそれを前後に動かし、ぐちゅん、という卑猥な音がモーター音の中に混ざる。

「やあっ、はあっ、あっ、んっ、んんんんっ…！」

身体の中で快感が膨れ上がって今にも弾けそうなのに、こんな小さなベルトのせいでそれが叶わない。苦痛に近いもどかしさで頭が変になりそうだった。

「くうぅっ！　いやっあっ、あ、はあっあっ！　あ…、苦し…っ」

雛希を絶対に射精できない状態にして、彼らはさらなる快楽責めを雛希に加える。もう一人の男が横から雛希の乳首に手を伸ばし、指先で押し潰《つぶ》すように揉み込んだり、かと思えば軽く転がすように弄んだ。そして鳴原はといえば、根元を拘束され、真っ赤に充血して震えている雛希のそれを、羽根のように軽いタッチで何度も執拗《しつよう》に撫で上げてきた。

「ああっ！　あーっ！　あ、ひ…ぃ、んはぁあっ！」

紅潮した身体に玉の汗を浮かべ、雛希は吊されたままの体勢でもがくように身を捩る。とはいっても三人がかりでがっちり押さえつけられているので、ほとんど動けはしなかったが。

「どんな感じだ？」

狂乱する雛希を見下ろし、鳴原がどこか苛々とした声で尋ねてくる。相変わらず優しげな仕草だが、右手は蜜口から溢《あふ》れる愛液でぐっしょり濡らしながら残酷にそこを弄んでいた。

「ああ、あっ、あ…っ、あたま、が、破裂しそ…っ！」

荒れ狂う愉悦が体内で暴れ回っている。死にそうなほどの快感を与えられ、感覚という感覚を支配されて、もはや苦痛なはずなのに、雛希はひどく興奮している自分を沸騰《ふっとう》する意識の隅で感じていた。

鳴原が触れてくれている。ただそれだけで、他がどうであろうと雛希には嬉しい。

「き、気持ちいい…よっ、ああっ、シギ…おにいちゃ、もっと、さわってっ…！」

「この状態でおねだりとはすごいな」

「シギさん、聞いてあげたらどうです？」

笑いを含んだ男たちの言葉に、鳴原は片方の眉を上げて雛希を見た。その表情がまるで洋画に出てくる俳優のようで、思わず見惚《みと》れてしまった瞬間、下半身が熔《と》けるような快感が突き上げてくる。

「あん、ん、あああっ！」

先端の最も敏感な部分を卑猥な指で擦られ、背筋が大きく反り返った。頭の中が真っ白になる感覚に、意味をなさない声を上げる。同時に後孔に呑み込んだ淫具をぐるりと回され、背骨が痺《しび》れるような快楽を味わわされた。すると、これまで出口のない熱が吹き溜まっていた場所の中心で、何か重いものがむくりと頭をもたげ始める。

「んあっ！　あ、あ…あ、なに、か、くる、来るよっ！」

「こりゃあ…、拾いもんですね、シギさん」

「最初っからこれでイくとはな」

男たちが何か言っている。けれど雛希はもう、その言葉の意味するところがわからなく

なっていた。ただ衝動のままに腰を突き上げ、奥を穿つ淫具を思い切り締めつける。

「う、あぁ…っ、あぁあっ！　や、い、イっちゃ…、あぁあっ出せないの…に、イくぅうっ！」

ぎゅうっと閉じた瞼《まぶた》の裏に、閃光《せんこう》が弾けた。身体が勝手にがくがくと揺れて、桁違《けたちが》いの極みが身体の底から噴き上げてくる。

「く、ひ…ぃやっ！　ああ、あぁぁぁ…っ！」

射精せずに極めてしまうということがあると、雛希も知識では知っていた。だがこれまでの経験では、誰も自分にそれを教えてはくれなかった。

「や、なに、これっ、ああんんっ…！」

これがそうだというのか。この、脳髄《のうずい》まで灼き尽くすような、あまりに大きい快楽が。

「は、は…っ、あ、あ…っ」

長い絶頂の波がようやく引いていき、雛希ははあはあと息を喘がせる。淫具のスイッチが切られると、まるで糸の切れた人形のようにガクリと項垂れた。どこかで舌打ちするような音が聞こえる。背後から顎を捕《と》らえられてぐい、と上向かされると、鳴原の酷薄そうな瞳《ひとみ》が覗き込んでいた。その中には滾《たぎ》るような怒気が浮かんでいて、雛希は怯えてしまう。

自分はどうやら、うまくできなかったらしい。他の男たちは褒めてくれているが、彼はまだ雛希の身体に不満なのだ。

「出さないでイったのは初めてか？」

「……っ」

恥ずかしくて、目を逸らしながら小さく頷く。するとすぐに、鳴原の爪が余韻《よいん》に潤《うる》む先端に鋭く食い込んできた。激しい極みに過敏になっている肉体を、鋭い痛みが貫く。

「ひぃ、んっ！」

「黙って頷くな。そういうときはハイ、って答えるんだよ。わかったか？」

「……は、い…っ」

「ようし、いい子だ」

鳴原はそこに食い込ませていた爪を離し、今度は労《いたわ》るように淫らに撫で上げてきた。ひどくされた後にそうされると腰が蕩けるようで、雛希は思わず、ああ、と喘ぐ。

もっと褒めてほしい。彼に喜んでもらうには、どうしたらいいのだろう。そのためなら自分はどんなことでもするのに。

「じゃあ、今日はこのままドライの感覚を覚えてもらうか」

鳴原がそう宣言したと同時に、体内の淫具が再び動きだす。ビクンっ、と大きく身体が仰け反り、抗いようのない、粘度の高い波に再び呑み込まれた。

「くぅ…っ、あ、あぁ――――っ！」

そしてまた身体中の性感を刺激され、雛希は何を考える間もないほどにめちゃくちゃにされる。何度も何度も達し、これ以上狂わされたら本当に死んでしまう、と思ったところで、ようやく性器の拘束が外される気配がした。忘れかけていた感覚が蘇《よみがえ》り、下肢から熱いものがカアッと込み上げてくる。

「出させてやるよ。お礼は？」

ぶっきらぼうな声に悦びすら感じる。

「は…っ、はい、あ、ありがとうございますっ…！」

咄嗟に思いついた言葉を口にすると、根元を締めつけていた鳴原の指がようやく緩められ、そのまま先端に向かって、乱暴にぐぐっ、と扱き上げられた。

「んあ、あ、あ！　――――っ！」

声にならない叫びが反った喉から漏れる。下半身が爆発するような感覚が怖くて、泣きながらかぶりを振り、さんざん苛め尽くされたそこから白い蜜を迸らせた。

「うあ、あ――――！」

「我慢した後で出すのは気持ちいいだろ？」

雛希は何度も腰を突き上げながら愛液を噴き上げ、脳髄まで痺れるような絶頂に我を忘れる。精液がものすごい勢いで精路を押し広げていく感覚は、気持ちいいなどというものではなかった。

そんな壮絶ともいうべき快感にしゃくり上げながら翻弄《ほんろう》され、最後の一滴まで搾り尽くされた後、雛希の意識はそこでふっと途切《とぎ》れた。

乾いた心地いいシーツの上に横たえられる感触に目を覚ますと、すぐ近くに鳴原の顔があった。

「っ！」

こんな時にもどきりと胸を高鳴らせてしまう自分に半ば呆れながら、雛希は状況を把握しようと彼の肩越しに視線を走らせる。

彼の部下らしき二人の男は姿を消していた。さっきまで自分が吊されていた場所には、空の枷《かせ》がぶらりと垂れ下がっている。

「正気か？」

「………………」

こくりと頷くと、鳴原は「そりゃよかった」と小さく笑った。

「この時点でおかしくなる奴もいないわけじゃないからな」

その言葉に、雛希は先ほどまでの情け容赦ない調教を思い出し、ぶるりと身体を震わせた。思わず自分の肩を抱くように腕を回すと、妙に身体がこざっぱりしている。確か気を失う前は、体液にまみれていたはずなのに。

「ああ、お前が寝ている間に洗っといた」

雛希の問いかけるような視線に気づいたのか、鴫原は軽く顎をしゃくってみせる。雛希がその方向を振り返ると、浴室のドアらしきものが目に入った。彼はあそこで、気絶した雛希の身体を洗い、汗やら精液やらを洗い流してくれたのだ。

「ご、ごめん……、ありがとう」

肩からかけられたバスタオルをかき合わせ、雛希は今さらながらの羞恥に顔を赤く染める。鴫原はそんな雛希を見て、ため息をつきながらベッドの端に座った。

「お前、これでもまだエンジェルになるつもりか」

「うん」

「いいのかよ」

「いいよ」

ここで自分が嫌だと言えば、養父母が困る。いや、そうじゃない。それよりも何よりも、雛希にとって鴫原の側にいられる今が幸せなのだ。この先自分がどうなるかなんて、雛希には興味がない。

「俺、適性はありそう？」

「あいつらも言ってたろ。ここ最近じゃピカイチだってよ。俺もそう思う」

「俺が高く売れたら、お兄ちゃんの成績になる？」

「……ああ」

「そう。じゃあ、もっとがんばる」

激しい行為の後の疲労のために、気怠い口調で雛希は淡々と告げる。すると鳴原は怒ったように雛希の肩を摑んできた。

「お前なっ……！」

「――だって、それくらいでしかお詫びできないものね、シギお兄ちゃんには」

彼が何か言う前に、雛希は鳴原の目を見てそう言い放つ。すると彼は言葉を失ったように一瞬黙り込み、雛希の肩を摑んだ手の力を緩めた。

「……俺は別に、お前を恨んじゃいねえ。今ここにいるのは、俺が選んだことだ」

「嘘だ。だってさっき……」

「俺がムカついてんのは、お前が自分のこと投げやりにしてるからだよ！」

「……そうだね」

そのことに関《かん》しても、雛希は彼に言い訳するつもりはなかった。だが正しく言えば、雛希は別に投げやりになっているわけではない。

今がすべてなだけだった。

雛希が沈黙すると、鳴原は大きく息をつき、腕を離して言った。

「行くぞ。服着ろ」

雛希は不思議に思って彼を見る。自分はここに軟禁されるのではないのだろうか。

「お前は俺の預かりにする。仕込みはするけど、基本俺が面倒見るから」

「……シギお兄ちゃん」

信じられないような言葉に、雛希は驚いて鳴原を見上げた。

「客がつくまでは、俺の言うことに従えよ。容赦するつもりはねえからな」

「うん…、なんでもする。どんなことでも、言うこと聞くから」

思いがけない事態に、雛希の胸は高鳴った。鳴原に抱いてもらえる。それだけが唯一《ゆいいつ》の願いで、雛希は他に望むことなんかない。この先の決して長くないだろう時間が、これまで生きてきた中で一番幸せだろうと、そう思った。


雛希はそれから洒落《しゃれ》たレストランバーに連れていかれると、そこで食事をとらされた。少しばかり緊張しながら、大皿で来たピザとブイヤベースの鍋、ボウルのサラダなどを、二人でシェアして食べる。

「……あれから何してたの？」

不躾《ぶしつけ》だとは思ったが知りたくてたまらず、雛希はサラダのレタスにフォークを突き刺しながらちらりと上目で尋ねる。鳴原はグラスのビールを飲み干すと、手酌《てじゃく》で注《つ》ぎ足しながら何も気にしていないふうに答えた。

「こっちに出てきて最初はいろいろしてたな。パチンコ屋とか、キャバクラのボーイとか。そのうちホストクラブで働くようになって、そこでドカンと稼いだ」

けっこうおもしろかったぜ、とニヤリと笑う彼に、雛希は複雑な思いを持て余す。彼はきっとそこで、数え切れないくらいの女性を相手にしたのだ。自分が嫉妬《しっと》できることではないが、胸がちくりと痛む。

「でもそれもそのうち飽きてきてな。なんかおもしれえことねえかなって思ってた時に、今の上司にスカウトされた」

「ヘヴンっていうところ？」

雛希も、自分が売られた大本の組織がそういった名前であることは知っていた。だが通常のヤクザなどとは、少々毛色が違うらしい。

「そ。そこの代表――ヘヴンマスターっていうんだけど、俺とそんなに年変わんねえのになんかすげえ人たちでな。スケール違うっていうか……、とにかく、俺の調子のいいところが使えそうだから退屈してんなら来ねえかって言われた」

「……何それ」

雛希が呆気《あっけ》にとられると、鳴原は肩を竦めて雛希のグラスにワインを注いだ。

「おかげで毎日楽しいぜ？　……お前が来たのは想定外だったけどな」

だからもう気に病むなと、彼は言っているようだった。そうはいっても、納得できるものではない。何しろ雛希は彼に、人一人を殺《あや》めさせてしまったのだから。

「お前のことは、いい客につけてもらえるように上に頼んどく。もうこうなったら仕方ねえからな」

「うん……」

鴫原は、自分とこうなったことを後悔しているのだろうか。昼間の調教の時の彼には、少なくともためらいのようなものは感じられなかった。あの時、他の二人の男などどうでもよくて、雛希は彼に無体をされて本気で興奮してしまったのだ。

――もっと、あんなふうに責められたい。

そう思っただけで、身体の奥が甘苦しい感覚に疼く。本当にこの身体ははしたない。

熱くなる頬を酔いでごまかすように、雛希はワイングラスに口をつけた。

鴫原に連れてこられたのは、ごくありふれたマンションだった。彼の部屋は最上階の3LDKで、多少雑然としている。それがどこか彼らしく、雛希は少しばかりほっとした。

今の鳴原はとても都会的で、それでいてワイルドな容貌《ようぼう》が魅力的だったが、その部屋には昔の彼の匂いが残されているようだった。

「ベッド、ひとつしかねえけど。ダブルだから一緒に寝るか？」

「――――いいの？」

「今さら何言ってんだよ」

さんざんあんなことをした後で、眠るためだけに一緒のベッドに入るというのは、なんだか少し恥ずかしかった。そんな初ではないのに。

眠る鳴原の男らしい横顔を、雛希はただ見つめる。自分は彼の元を去る時までに、贖うことができるのだろうか。

けれどいくら自問しても、答えなど出るはずもなかった。


最初の日以来、雛希がルナマリアに連れていかれることはなく、調教は鳴原のマンションで行われた。雛希が客に引き渡されるまで、仕込みは彼一人で受け持つことになったらしい。それは雛希にとって朗報でしかなく、どんなに容赦のない調教も自分にとっては彼との甘い行為に他ならなかった。さんざん泣き喚《わめ》かされても、鳴原に褒められると悦びに変わる。

鳴原の部屋のベッドは雛希を閉じ込める鳥籠《とりかご》のようだった。彼の求めに応じ、甘く淫らな声で鳴く。

「う…うっ、あっ…んっ…！」

全身を間断《かんだん》なく苛む締めつけに、雛希は緊縛《きんばく》された肢体を汗で光らせていた。縄で複雑に彩られた肌が、紅潮して卑猥な色に染まっている。

「縛《しば》られただけで感じちまうか」

「ああ…ん…っ！」

意地悪な低い声で耳元に囁《ささや》かれ、雛希はそれだけで背中を反らせて震えてしまう。苦しくて痛いのに、腰の奥がずくんずくんと疼いていた。隠すものもなく開かされた股間は、同じように卑猥に縛られてそそり立っている。

「やらしいな、ここ」

「んんっ、あんっ！」

屹立をピン、と指で弾かれ、雛希は身体中でわなないた。そこをしてほしくてたまらないのに、彼はいつもギリギリまで焦《じ》らす。我慢できなくて腰を振り立てて哀願して、恥ずかしい言葉でねだってからやっとそこに愛撫がもらえるのだ。そしてそこへの濃厚で執拗な責めは雛希の理性など簡単に吹き飛ばし、脳裏《のうり》がチカチカするほどの絶頂に追い上げられる。

「…いや、そこ…、欲しい…」

「駄目だ。待ってな」

無駄とわかって懇願したが、やはりあっさりと却下された。首筋から鎖骨《さこつ》へと音を立ててキスされ、感じやすくなった肌が悶える。興奮と刺激で硬く尖った胸の突起を唇に含まれると、腰骨が痺れた。

「あっ、あっ！」

切羽詰《せっぱつ》まったような声が漏れてしまう。もともと乳首は敏感な性感帯だったが、ここに来てから毎日絶え間なく弄られ、苛められて、以前の何倍も感じやすくなってしまった。

「ああ…うっ、それだめっ…！」

「乳首ビンビンになってんぞ。気持ちいいんだろ？」

舌先で突起を何度も転がされ、時折ちゅうっと吸い上げてしゃぶられる。もう片方は指先で揉まれたり、周りの薄い色をした部分をくるくると撫で回されたりした。ふいに爪の先でひっかかれると、泣くような悲鳴を上げてしまう。

「はあ…っ、あ…、あ…っ、や、乳首…っ、いい…っ」

背筋がずっとぞくぞくと震えていた。昨日はとうとう乳首でイきそうになってしまって、すんでのところで持ち堪《こた》えたが、もう今日は駄目かもしれない。

「や、お兄ちゃ、そ、そこ…、へんっ…！　そんなに、弄らないで…え…っ！」

耐えきれずに身を捩ろうとすると、縄がギシギシと軋む。肌に食い込む痛みすら甘い愉悦となって雛希を追いつめた。

「お前昨日ここでイきそうになって、我慢してたろ？　今日も耐えられんのか、見ててやるよ」

さっき舐めていた方を指で愛撫され、さんざん捏《こ》ね回されていた方を舌先で優しくくすぐられる。刺激が交代して、雛希は思わず腰をはね上げた。

「んっ、んんーっ！　あっ、そんなっ…！　はあっ、あっ、…あぁあっ！」

責められているのは乳首なのに、腰の奥にまで快感が走ってしまう。射精もできずに、しかも胸でイくなんて、恥ずかしくて死にそうだった。

だが雛希の被虐を好む身体は、そんな責めに激しく燃え上がってしまう。しかも、それを強《し》いているのは鳴原なのだ。

「ふぁっんっ…！　や…、き…もち、いい…っ、あっあっ、い、イっちゃ…っ、んんあっ！」

ふたつの突起がジン、と熱を持ち、腰から背中にかけてぶるぶると震えが走る。

「ああっ！　イくっ、乳首…で、イっちゃうぅ……っ！」

身体の芯がぎゅううっと引き絞られるような感覚に、雛希は悲鳴を上げた。もうすっかり覚えてしまった、射精なしの絶頂。一度それで達すると、極みとの境がひどく曖昧になってしまう。

「はっ、あ…、ああ…っ」

雛希が全身を悶えさせてイき、しゃくり上げるような荒い息をついたところで、ようやく鳴原はそこから顔を上げてくれた。彼は、汗で額や頬に張りついた雛希の髪をかき上げ、目尻に溜まった涙を指先で優しく拭ってくる。

「よしよし。気持ちよかったろ？」

低い声が鼓膜をくすぐり、それだけでまた感じてしまった。鳴原の唇が軽く下唇を食《は》んだかと思うと、顎の先からまた胸元、臍《へそ》のあたりまで下りていく。両脚を押し開かれた時に抱いた期待はあっさりと裏切られ、鳴原は火照《ほて》った内腿や脚の付け根などに唇を這わせてきた。痛々しく縛られた中心のそれは、先端から苦しそうに雫《しずく》を零《こぼ》し、縄までぐっしょりと濡らしているのに、彼はそれがまったく目に入らないように無視している。

「や…っ、ねえ、シギお兄ちゃんっ…、お願いっ…！」

早く、そこをどうにかして。

譫言《うわごと》のようにそれを繰り返すと、雛希はいきなり両手で腰を掴まれ、緊縛された肢体を裏返しにされた。

「うあ、あーっ…！」

ギリギリと肌が締めつけられる甘い苦痛に悲鳴を上げる。両膝を立てさせられ、両腕を後ろ手に縛られているために肩だけで上体を支えさせられ、身体中がジンジンと疼いた。

下肢にまで及んでいる縄は、ちょうど雛希の後孔に当たる部分に大きな結び目を作っていて、それが半ば中に食い込んでいる。

「すげえな」

「あぁああ…っ！　やだ、やぁあ…っ！」

結び目を中にぐいぐいと押し込むように刺激されて、シーツに立てた内腿がびくびくと震えた。その奥もどうしようもなく欲しがっていて、ほんの入り口だけを刺激する縄の感触に媚肉がひくひくとうねる。

「ほら、ほら、中に入っちまうぜ？」

「んああっ！　あっ、やっ、ふあっあ、んん――――っ…！」

不自由な体勢の肢体ががくがくと痙攣し、雛希はまた達してしまう。

「イったのか？」

「んっ…、は…い、イき、ました…っ」

躾《しつ》けられた通りの言葉を口にすると、腰のあたりで縄が解かれる気配がした。パラリと身体の脇に垂れたそれは、雛希の後孔を犯す結び目の部分で、鳴原の目には縄で責められていやらしく収縮している部分が映っているはずだ。

「えらい勢いでパクパクしてるな」

「あっ、恥ず…かし…っ、見ないでっ…」

「じゃあ、舐めてやろう」

「え、あ、…あぁあ…っ！」

熱くぬめった感触がそこを這い回る快感に卑猥な声が漏れる。口の端から零れた唾液《だえき》でシーツを濡らしながら、雛希は最奥を舐められるたびに込み上げてくる熱い波に耐えようとした。

「ここに、俺のをぶち込んでほしいか」

「あぁっ…！　入れて、太いの、いれて…え…っ！」

舌先で入り口をくじるようにされ、雛希は泣きながら訴え、また達した。後ろもまた念入りな調教によって、もう男を咥え込まなくては収まりがつかないほどに淫らにされている。初ではないのに、肉体がどんどん変わっていくのを自覚していた。それでもいい。鳴原に抱かれて堕ちるのなら、どんなになっても構わなかった。

やがて火傷《やけど》しそうに熱いものが押し当てられると、雛希は喉を鳴らして貫かれる瞬間を待った。凶器の先端が入り口をこじ開け、狭く熟れた肉筒を押し開きながら這入《はい》ってくる。

「あああ、あ、あ――――…っ！」

気持ちいい。よすぎて身体が破裂しそうだ。

雛希は鳴原に入れられただけでまた極めてしまい、拘束された性器の先端から愛液を滴《したた》らせた。

「…っ、痙攣してんな…、イったのか？」

「あ、ふぅ…っんっ、ふあ、あ、お兄ちゃんのっ…！　気持ちいい…っ！」

太くて硬いものが、さんざん疼いていた場所を擦り上げながら奥を突いてくる。張り出した所でゴリゴリと中をひっかかれるたびに、頭の中が真っ白になった。

「ひ、あ、ああっ！　いっ、イくっ…！　こんなの、何回もイっちゃうよ…ぉっ…！」

緊縛された身体で、快楽に耐えながら体勢を保っているのももう限界で、雛希の上体がグラリと傾《かし》ぐ。それを咄嗟に支えた鳴原に体勢を変えられ、内部に男根を受け入れたまま、彼の膝の上に座り込む格好を取らされた。

「くう、ひっ、あぁあ――…っ！」

自重で最奥まで突き立てられ、膝の裏に手をかけて揺らされ、雛希は正気を失ったように喘ぎ狂う。鳴原の肩に頭をもたせかけてひいひいと啜り泣いていると、大きな掌が細い顎を捕らえて包んだ。

「――今、出させてやる」

もう片方の手が、股間の結び目をゆっくりと解く。その場所に一気に血が通う感覚に、たまらずに腰がガクガクと震えた。

「ふ、ぅ…あ」

その時を覚悟して、雛希はぐっ、と奥歯を噛みしめる。だが次の瞬間に襲ってきた、下からの強い突き上げは、雛希をいとも簡単に泣き喚かせた。

「――――!!」

股間から白い蜜が弾け、あたりを濡らす。ずっと我慢させられていた分だけ射精を伴う絶頂はキツく、まるで壊れてしまったかのように何度も噴き上げた。

「あっ！　あっ、あぁああっ！　いや、あっ！　いいぃ…っ！」

強靭《きょうじん》な腕が雛希の身体を幾度も持ち上げては落とす。繰り返し媚肉を抉られ、弱い所を擦られて、まだ上体を縛られたままの雛希はまったく抵抗できずに鳴原の凶器に犯された。鳴原は何度か雛希の中で達し、熱い飛沫《ひまつ》で濡らし上げてくる。そのたびに悲鳴を上げながら、雛希もまた深い絶頂に追い上げられた。

「ひゃうっ！　う、あっ、ま、また、出ちゃ…っ！」

先端から白い液を零しながら、雛希は無意識のうちに、許して、と哀願していた。

「だめだめ。まだイけんだろ？」

「あっ！」

ふいに身体をベッドに横たえられ、片脚を持ち上げられて彼の脚と交差するような体位を取らされる。顎から汗を滴らせた鳴原が、ずぶずぶと音を立てて深くまで侵入してきた。

「ふうう…っ！」

「お前ん中が、俺のをみっちり包み込んでるぜ」

熱く脈打つもので体内を串刺《くしざ》しにされている。鳴原が少しの間じっとしていたので、雛希はその感覚をやけに生々しく感じ取ることができた。

「…っ、すごく、大きいの入ってる……」

これだけでも感じて、雛希は呼吸を喘がせながら、繋ぎ目をひくひくと収縮させてしまう。すると内部にぐっ、と圧力がかかり、思わずビクン、と身体をはね上げた。

「このまま…、中、かき回してやるよ」

鳴原の腰が淫らな動きを開始し、凶器の張り出した部分が肉筒の微妙な箇所《かしょ》をひどく卑猥に捏ね回した。

「うっ…！　んっ、んんんー…っ！」

内部がじわじわと痺れてくる。その感覚が下半身全体に広がっていくようで、思わず咥え込んでいるものをきゅう…っと締め上げた。

「どうだ…？　こういうのも、たまんねえだろ」

快楽を感じているような上擦《うわず》った声で囁きながら、彼は腰をゆっくりと回す。鳴原が放ったものがぐちゅぐちゅといやらしい音を立てた。

「あん、ん、いい…よっ、熔けそ…になるっ…！」

従順に感じたままを口にする。鳴原はそれで許す気になったのか、雛希の上半身の縄を解き始めた。

「…はあっ…！」

ようやくすべてが自由になった解放感に、雛希は深いため息をつく。腕を動かそうとすると、ギシギシと痛んだが、それに構わずに鳴原に向かって震える手を伸ばした。

「…お兄ちゃん…」

抱いて。

唇だけでそう訴えると、鳴原は自分のものをゆっくりと引き出していく。

「あ、あっ、やだっ…」

体内に空洞が生まれるような感覚に、雛希は首を振ってむずかった。もっと、ずっと、自分の中にいてほしい。一日中でも繋がっていたかった。

「今やるよ」

鳴原は一度自分を引き抜いてから、雛希の両脚の間に身体を入れる。正常位の状態になって、雛希は思わず彼の首に両腕を回して縋りついた。一番幸せな瞬間。

「雛希」

低く名前を呼ばれ、唇が深いキスで塞がれる。攻撃的な舌で口腔を弄ばれて、背中をぞくぞくとさせながら甘い声を漏らした。容赦ない調教はしても、口づけはそんなにしてくれないから、いつも夢中で貪《むさぼ》ってしまう。もっとも、彼のすることで、夢中にならないものなどないのだが。

「あ…あん」

くちゅくちゅと舌を絡ませ合いながら、両の内腿がぐい、と開かれるのを感じる。入ってくる、と身構える間もなく、硬さを纏った衰えないものが奥まで侵入してきた。蕩けきった肉筒を再び犯されて、雛希は淫蕩《いんとう》に表情を歪める。

「あ、あんっんっ…！」

すぐに激しく突き上げられ、雛希はたまらずに自らの股間に手を伸ばした。力強く抽《ちゅう》送《そう》されながら自分のものを扱くと、前後から耐え難い快感が湧き上がってくる。

「エロいな」

鳴原が口の端を上げ、からかうように囁いてきた。その表情が男っぽくて格好よくて、蕩けた意識の中でうっとりとしてしまう。雛希がこんな思慕を抱いていることを、いったい彼は知っているのだろうか。

「ああ、あっ！　ごめん、なさっ…！」

「俺がしてやる」

自分のものを扱く雛希の手の上に、鳴原の手がかかり、そのまま取って代わられた。すぐに大きな掌で敏感なものを包まれて、巧みな強弱で揉まれ、扱かれる。

「んん、ああっ！　あっ、ああ…んんっ！」

苦しいほどの快楽に、雛希は啜り泣いた。縛られていない腕で必死に彼の背に縋り、自らも腰を使う。それは教えられた作法ではあるけれど、雛希にしてみれば相手を求める自然な動きだった。

「ああ…、ね、ねえ、シギお兄ちゃんと…、一緒に、イきたい…っ！」

「ん…？　わかった。もうちょっと待ってろ」

お前がすごすぎて、何回も出したから今度は少し時間がかかる。そう言われて、嬉しさにも似た感情が身体中に広がった。

「ん、ん…っ、は…やく、ああ、ねえ、も…っ！」

雛希の腰が絶頂の予感にぶるぶると痙攣し始める。鳴原はそれを感じ取って、打ちつける動きを速めてくれた。キツくなる快感を懸命に耐えていると、やがて彼のものが雛希の中で大きく脈動する。

「ふあ、んんっ、も、もうだ…めっ、イく、イっ…くぅ…っ、――――っ！」

「いいぜ…、もってけ、く……っ！」

何度も達したはずなのに、その極みはこれまでと比べものにならないくらいの充足感があった。

――このまま死んでしまいたい。

彼のもので満たされ、激しい余韻に泣きながら身体を震わせつつ、雛希は心からそう願った。

けれど、少しずつ波が引いていき、雛希はそのことに落胆する。

それならせめて、と、自分の身体の上で荒い息をつく男を、力の入らない腕で強く抱き締めた。


暗い暗い闇の中で目を開けた時、ふと気づくと雛希は九歳の子供に戻っていた。

ああまたこれか、と思うほどに、何度も見た夢だ。ざわり、と背中に悪寒が走って、わかっているのに恐る恐る後ろを確かめる。

暗黒の果てから、何かが近づいてきていた。闇よりも濃い禍々《まがまが》しいものが、うねうねと形を変えながら雛希に迫ってきている。

雛希はいつもここで逃げなければ、と思う。けれど夢の中で走ると、まるで重い泥の中を進んでいるように足が遅い。

それでも必死で走るが、背後のものはどんどん雛希に迫ってくる。『それ』が発する息遣いがすぐ後ろから聞こえてくるような気がして、見たくないのに振り返った。

それは園長先生だった。

頭から血を流し、にたにたといやらしい笑いを浮かべながら、一歩一歩近づいてくる。

『や――――』

あまりの恐ろしさに泣きだした雛希は、がむしゃらに前に進もうとする。なのに遅々《ちち》として進めない。もがくように手足を動かして走るが、なぜか前進できないのだ。

このままでは捕まってしまう。あの恐ろしい存在に搦《から》め捕《と》られ、二度と目が覚めなくなってしまうかもしれない。

この夢から逃れるにはどうしたらいいんだっけ。自分はいつもどうしていた？

恐怖で半ばパニックになりかけている頭では、どうしてもそのことが思い出せない。

ふいに後ろから、ぬう、と血まみれの腕が伸びてきた。

ひっ、と喉が鳴る。

園長先生の手が鉤爪《かぎづめ》のような形に曲がると、それが雛希の両肩を砕かんばかりの力でギリリと鷲摑《わしづか》みにしてきた。

「――――っ！」

「おい、起きろ！」

パン、と軽く頰を張られた瞬間、雛希は意識が弾けたような感覚に見舞われて目を見開く。

薄暗い視界の中には、園長先生ではなく、鳴原が映っていた。

「……お兄ちゃん……」

「どうした？　お前……、大丈夫か？」

鳴原が怪訝そうに雛希の顔を覗き込んでくる。そんな彼の視線を遮るように、雛希は腕で目を覆った。まだ呼吸が荒く、じっとりとした汗が全身に浮かんでいる。

今日の夢はひどかった。いつもならあんなに近づかれる前に目を覚ましているのに、とうとう肩まで摑まれてしまった。

思い出して、雛希は自分の肩をそっと摑んでみる。そこにはまだ、おぞましい感触が残っているかのようだった。

「おい」

鳴原が少し焦ったように雛希を呼ぶ。ようやく少し落ち着いて、雛希はそっと腕を外して彼を見上げた。

「……ごめん。平気。嫌な夢見ただけだから」

「だけって……、お前、えらいうなされてたぞ」

雛希はため息をついて怠《だる》い上体を起こす。この分では、多分朝まで眠れないだろう。この夢を見た後はいつもそうだった。

「起こしてごめんね。もう平気だから」

やんわり鳴原の腕を押し返し、雛希は力なく笑ってみせる。すると彼はそこで初めて雛希に覆い被さらんばかりになっていたことに気がついたのか、身体を引いて大きく息をついた。

「シャワーでも浴びてこい」

「うん……」

言われるままに浴室へと入り、汗を流す。次第にすっきりとする頭から、夢の記憶が遠くなっていく。雛希はほうっと安堵の息をつき、濡れた髪をかき上げる。

あの夢は、例の事件以来、たびたび雛希を苦しめていた。

それでも成長するに従って回数も減っていったのだが、鳴原と再会してからはまた頻繁《ひんぱん》に見るようになってしまった。

園長先生は雛希にとって恐怖の象徴。そして血だらけになっているのは、鳴原に対する罪の意識からだろう。

この期に及んで、性懲《しょうこ》りもなく鳴原を求める自分を、きっと誰かが罰しようとしているのだ。

わかってる。わかってるから、もう少しだけ。

雛希はタイル張りの壁についた手をぎゅっと握りしめる。

時間切れになるまで、お兄ちゃんの側にいさせて。

誰に哀願しているのか自分でもわからないまま、雛希は一心に許しを請うた。


新しいTシャツとハーフパンツを着て浴室から出ると、上半身裸の鴫原がキッチンでレンジから何かを取り出しているところだった。

「ああ、ちょうどよかった」

彼は手にしたマグを、テーブルの上に置く。

「飲めよ」

それは湯気を立てているホットミルクだった。温めた牛乳には精神を落ち着かせる作用があると聞くが、彼がこんなものを出すのはなんだかそぐわないような気がして、雛希は戸惑いを感じつつもそれを受け取る。

「……あり、がと」

雛希が礼を言うと、鴫原は小さく口の端を上げて自分はビールのプルトップを開けた。

彼はダイニングテーブルの椅子に、雛希は少し離れたソファに座り、無言でそれぞれの飲み物を口に運ぶ。今は何時頃だろうか。この深い静けさと暗さからいって、夜明け前くらいかもしれない。

「――夢って、ガキの頃のか」

沈黙を破って、鳴原がぽつりと問いかけてきた。

「……うん」

「どんな」

「園長先生が、追いかけてくる」

血まみれで、とは言えなかった。それは鳴原にあの悲惨な出来事を思い起こさせてしまう。彼が自分のせいだと思ってしまってはいけない。

「よく見んのか」

「時々」

そっか、と低い声が答えて、またしばらくお互いに黙り込んだ。エアコンのせいか、ミルクが冷めるのは思ったよりも早くて、もうほとんどぬるくなっている。

それでも、彼が自分を気遣ってこれを温めてくれたということが、雛希の胸の奥をぬくもりで満たしてくれた。

ふいに、鳴原が座っていた椅子から立ち上がり、伸びをした後でこちらに向かって歩いてくる。あまりに何げない足取りだったので、雛希はおそらく寝直すのだろうと思った。

だが彼が雛希の脇を通り過ぎる瞬間、その足が止まる。

「……？」

不思議に思って顔を上げようとした時、突然鳴原が隣に滑り込むようにして腰を下ろした。

飲み終えたばかりだった空《から》のマグが手から滑り落ち、ゴトリと重い音を立ててラグの上に転がる。

「……っ⁉」

気づいた時には鳴原に抱き寄せられ、彼の肩に顔を埋めていた。

「お兄ちゃ……」

「黙ってろ」

短く制されて、雛希は口を噤《つぐ》む。もともと何を言うわけでもなかった。

ただ、彼の肌の熱と、静かな息遣い、薄布を通して伝わる鼓動。そんなものに包まれて、雛希はふと、このまま自分という存在が融解して、彼とひとつになれたら、という願いを抱いた。

そんなことが許されるはずがないのに。

汚れきった存在である自分が、鳴原と一緒になれるはずもない。

それでも今だけはそんな夢を見ても許されるだろうか。

罪の贖いとしての悪夢が、至福の夢へと変わったその一瞬、雛希はこれまでで一番幸福だと思った。

――シギお兄ちゃん。

すぐ側まで近寄ってきた夜明けが、今ほど憎いと思ったことはなかった。

皮肉なもので、鴫原を想えば想うほどに肉体は従順につくり上げられ、雛希はエンジェルとしての作法を身につけていった。

鴫原もまた、ずっとこのままではいられないことはわかっているのだろう。雛希を抱きながら、その目が時々痛みを湛《たた》えていることにも気づいていた。

「――来週、お前をお披露目《ひろめ》に出す」

「お披露目？」

行為の後の、まだぼんやりと霞《かす》んだ頭の中に、何か聞き慣れない単語が潜《もぐ》り込んできた。

「ヘヴンには地下クラブみたいなもんがあるんだよ。月に何回か、不定期で開催されてんだ。まだ主人のつかないエンジェルはそこで客の目に触れさせる。もっとも、最近は店に出す前に買われることも多いけどな。お前は俺が預かったから」

そう言って鴫原は自嘲気味に笑った。熱の残った肌を持て余しながら、そろそろ潮時かと雛希はそっと目を伏せる。ほんの二カ月にも満たない短い時間だったが、彼は数え切れないほど雛希を責めてくれた。

本当は彼のエンジェルになりたかったが、そうもいかないし、自分にはその資格がない。

「いいよ。――お客さんがつくといいな」

わざと割り切った口調で答えると、自分を見つめていた鳴原がふいと目を逸らす。

軽蔑されたのだろうか。

別にそれでも構わない。おそらく最初から、最低のビッチだと蔑《さげす》まれているだろう。

今さらだと思った。なのに、さっきまであんなに激しく疼いていた熱が、嘘のように引いていくのを雛希は感じていた。


想像していたよりも、豪奢《ごうしゃ》で上品な店の雰囲気に、雛希は驚き、そして圧倒された。

週が明けて鳴原が言った通りに、雛希は地下クラブでお披露目されたが、実のところもっとあやしくていかがわしいようなイメージを抱いていた。

銀座《ぎんざ》の超高級クラブのような上質の内装と、単価の高そうな酒。雛希が着せられた燕尾《えんび》服《ふく》はどうやらエンジェルの制服のようだが、生地や縫製もしっかりしている。そういえば、とルナマリアに連れていかれてすぐに身体を採寸されたことを思い出した。あれはもしかしたらこの制服を作るためだったのかもしれない。

「客に飲み物を配って回れ。要望があれば席に着いてサービスしてもいい。むしろ積極的にそうしろ」

一同の前で接客の説明をしているのは、最初の日にルナマリアで雛希を調教した男のうちの一人だった。

その日のエンジェル候補生は十人ほどで、男女は半々くらい。男は雛希と同じ燕尾服を着用していたが、女の方はサイドに深いスリットのあるロングドレスを着ている。皆若く、標準以上の容姿をしていた。

「サービスというのは、つまりは性的なものも含まれる。本番以外はするのもされるのも自由。そうやって客が品定めをする。せいぜい媚《こ》びて、フェラチオくらいはやってやれ。いい客をつかまえた方が、お前たちのためだ。ちなみに大きな粗相をしたり、客に対して著しく反抗的な態度を取った場合は仕置きが待っているからそのつもりでな」

説明が終わったその時、部屋のドアがノックされて、スーツを着た一人の男が入ってくる。細身のシルエットを持つその男の姿を見た時、雛希は知らず息を呑んでいた。どうやらそれは他のエンジェルたちも同じだったようで、呆然としたように彼に見惚れている。

「園部《そのべ》さん。景彰《かげあき》から、今日の配置に変更があるって連絡が」

柔らかな、落ち着いた声がその男から発せられる。

綺麗《きれい》な人だ、というのが第一印象だった。

年は雛希よりも少し上ぐらいだろうか。ここにいるということは彼もこの世界の人間なのだろうが、どこか清廉《せいれん》で、まっすぐな佇《たたず》まいをしていた。

「変更……ですか？」

園部と呼ばれた男が、怪訝そうな顔で美しい男に聞き返した。すると彼は手にしていた書類を優雅な所作で園部に渡す。

「三森《みつもり》様が」

「ああ、いらしたんですね。まったく、今回もまたお買い上げになる気ですかね」

園部はどこか忌々しげな口調で呟いてから書類に目を通し、男に対して頷いてみせた。

「承知しましたとお二人にお伝えください」

「よろしくお願いします」

男は伏し目がちに軽く頭を下げて、踵を返して退室しようとする。出ていきざまにふとこちらに視線を投げかけてきて、その刹那《せつな》、雛希は彼と目が合ったような気がした。

「――――」

だが彼は何も言わずにそのまま出ていってしまう。ドアが閉められると、今日初めて名前を知った園部が雛希たちに向き直った。

「今のは、ヘヴンマスターのエンジェルだ。七瀬《ななせ》さんという」

ヘヴンマスター。組織のトップ。そのエンジェルであるという彼は、つまり自分たちの頂点に立つ存在だということだ。

「彼を見習えとは言わん。あの人がエンジェルになった経緯《けいい》は特殊だからな。だが、まあお前たちも運がよければ、彼に近い位置まで上りつめられるかもしれん」

あの美しい人は、七瀬というのか。

冷たそうな空気を纏ってはいたが、人を拒絶するような雰囲気は感じられなかった。

――エンジェルというからには、あの人もまた、男を相手に身体を開いているのだろうか。

自分が下卑《げび》た想像をしていることに気づいて、雛希は軽くかぶりを振った。まったく、自分はどこまで低俗にできているのだろう。

最後の確認の後、雛希たちはホールに出された。豪奢だが、少し薄暗い明かりの下で、仮面をつけた客たちが雛希たちを待ちわびている。その異様ともいえる光景に少しだけ怯《ひる》んだが、鳴原のためにちゃんとやらなくては、という思いで、雛希は磨き上げられた床に足を踏み出した。

客たちのあからさまな好奇の目に晒されながら、雛希はその間を縫って彼らに給仕をする。

――シギお兄ちゃんはどこにいるんだろう。

彼もここに来ていると聞いていた。関係者は仮面をつけないというルールだそうだから、近くにいればすぐにわかるはずだ。

「……あ、いた」

捜していた姿を発見して、雛希は小さく呟く。鴫原はいつものホストっぽい出で立ちで、やはり誰かを捜しているのか、遠くを見るような表情をしていた。もしかして自分を捜しているのかもしれない。そう思って雛希が近くへ寄ろうとした時、彼はその誰かを見つけたように、口元に笑みを浮かべて片手を挙げた。

——え。

鴫原の視線の方向を追ってみると、そこには先ほどの綺麗なエンジェルがいた。七瀬という名の彼は、声をかけられると小さく笑みを浮かべて鴫原の方を見る。

なぜ、お兄ちゃんが。

雛希には鴫原と七瀬の関係など知りようもない。だからなぜ、鴫原が雛希に見せたこともないような表情で彼と親しげに話をしているのか、わからなかった。

鴫原は雛希が見ていることなどまったく気づいていないように七瀬と話している。

「おい、ブランデーをくれんか」

「……あ、はい」

呆然と二人の様子を見つめていると、ソファに座っている客から声がかかり、雛希は慌てて客に酒をサーブした。仮面をつけているのではっきりとした顔立ちまではわからないが、口元の感じから五十にはなっているのではないかと思われる。

「ちょっと君、座りなさい」

接客の要望が来た。雛希は一瞬だけ躊躇《ちゅうちょ》したが、覚悟を決めて命じられるままに客の隣に座る。すぐに我が物顔で肩を抱かれ、俯いた顔の下でそっと眉を顰《ひそ》めた。

客に買われたとしたら、こんな嫌悪感にずっと耐えていかなければならないのだろうか。

それでも自分で決めたことだと諦め、雛希は下を向いていた顔をゆっくりと上げた。

「今日のエンジェルの中じゃ一番の美形だな。年はいくつだ？」

「……二十歳《はたち》です」

「初々しさが残っているところがいい。やっぱりエンジェルは従順でなければな」

自分のどこが初々しいというのだろう。この男の目は節穴なんだろうか。

「ああ、あれを見ろ。あのヘヴンマスターのエンジェルとかいう奴を。ただのセックス人形のくせに、お高くとまって取り澄ましている。私はああいうのは好かん」

男が顎をしゃくった先に、鳴原と共にいる七瀬の姿が見えた。確かに七瀬は他のエンジェルとは扱いや立場がまるで違うような印象を受けるが、それはやはり彼がヘヴンマスターのものだからではないだろうか。

当然、他の客が手出しをしていい存在ではないと雛希にも想像がつくが、この男はそれが理解できないらしい。身の程をわきまえていないというのは、哀れなものだと思った。

七瀬と鳴原はまだ会話をしている。七瀬は鳴原の上司のエンジェルであるというのに、二人はそんなに親密なのだろうか。

雛希の胸郭《きょうかく》で何かがちりちりと焦《こ》げつき始めた時、ふいに鳴原が真剣な顔をして、七瀬に何かを耳打ちした。

「――――」

熱い痛みを覚え始めていた身の内が、まるで氷水を注ぎ込まれたようにすうっと冷たくなる。指先まで凍えるような感じがして、身体がゆっくりと硬くなっていった。

「ん？　どうした？」

それをどう勘違いしたのか、男は雛希の肩に置いた手をそのまま腰まで滑らせる。

「緊張しているのか？　可愛いな。――――どうだ、お前、私に飼われてみるか。不自由はさせんぞ」

尻のあたりを撫で回す手つきは、どうにも野暮《やぼ》ったく、鳴原の繊細で大胆なタッチとは似ても似つかないものだった。あまりの無粋《ぶすい》さに苛立ちが押し寄せてきて、雛希は嫌がるように身を引いてしまう。そうしてそんな自分の態度は、こういったタイプの客にとってはひどく不快なものだと、相場は決まっていた。

「なんだお前、性奴隷《せいどれい》のくせに、客に逆らう気か」

乱暴な手が顎を摑んでくる。男の手が肌に直接触れた瞬間、雛希はそれまでどうにか押し込めていた何かが臓腑《ぞうふ》を食い破ってくるのを自覚した。

腹の中に流れ出てきたそれは雛希の内部を汚し、凄《すさ》まじい障気《しょうき》でそこいらを焼く。

触ってくる男の手を音を立ててはねのけると、雛希は傲然《ごうぜん》と顔を上げ、冷たい目で男を睨みつけた。

「抱き方も知らないくせに、勘違いするな」

吐き捨てながら、勘違いしているのは自分の方じゃないのか、という呟きが胸に響く。

彼の側にい続けることができなくても、少なくとも自分は彼にとって特別なエンジェルなのではないかと思っていた。誰に預けることもなく手元に置いてくれて、彼自身の手で調教してくれたからそんな気になってしまっていた。

だが違うのだ。

雛希は特別なんかじゃない。『特別』なエンジェルは他にいる――。あそこに、彼の隣に。

「な……、な、何を」

客に奉仕すべきエンジェルに侮蔑《ぶべつ》の言葉をぶつけられて、短絡的な男は怒りにわなわなと身体を震わせる。

「貴様、生意気な口を叩くな！」

男の手が、雛希を殴りつけんと勢いよく振り下ろされた。雛希は反射的にそれを躱《かわ》そうとして――指先が、男のつけていた仮面に当たってしまう。

「うわっ！」

その拍子に、男の仮面が宙を舞い、カラン、という音を立てて床に落ちた。ここの客が仮面をつけているのは身元を隠すためだが、それだけで完全にわからなくなるわけではない。だがここではそういうものとして認識される。それがルールであり、礼儀というものだった。だから皆の前で仮面を外されるということは、すなわちその者は恥をかかされたも同然なのだ。

ざわっ、と波立った空気に、男が慌てて落とした仮面を拾う。次に顔を上げた時、彼はつけ直した仮面から覗く表皮を怒りで真っ赤に染め、屈辱に震えながら雛希を糾弾した。

「なんてことをしてくれたんだ！」

その指が雛希に突きつけられた時、突然後ろからガシリと肩を摑まれる。驚いて振り返ると、スタッフとおぼしき黒服を着た屈強な男が二人、無表情に雛希を見下ろしていた。

「客の仮面をはね飛ばすか――、またえらいことをしてくれたもんだな」

と、ふいに威圧的な低い声がその場に響いた。雛希の視線が否応なしにそちらに持っていかれる。

趣味のいいダークスーツを身につけた長身の男がそこにいた。ズボンのポケットに手を入れ、自然に立っているだけだというのに、圧倒的な雰囲気を発している。

「すいません景彰さん。そいつは俺の預かりです」

「――シギお兄ちゃん」

横から速足で出てきた鳴原が、景彰と呼ばれたダークスーツの男に頭を下げた。

「ああ、こいつがお前の秘蔵っ子か。なるほど素材はよさそうだな。――だが躾がなってなくては話にならん。お前、何を教えていた？　ただ抱いていただけでは遊んでるのと変わらんぞ」

「――すいません」

鳴原が勢いよく頭を下げる。自分のせいだ、と思い後悔の念がよぎったが、時すでに遅しだった。

どうしてこんなことをしてしまったのだろう。いつもの自分だったら、誰にどんな扱いをされてもたいして心には響かなかったはず。

だが、そこまで考えて、雛希は理解した。それもそのはずだ。いつだって雛希の心はそこになかった。雛希の心は鳴原にしか反応しない。つまり今回は、鳴原が七瀬と親しくしているのを見て、感情がささくれ立ち、客に八つ当たりしてしまったというわけだ。

するともう一人、男がスッ、と出てきて、雛希の前を通り過ぎると、いきり立っている客に丁寧に謝罪した。

「申し訳ありませんでした、お客様。お怪我はございませんでしたか？」

景彰と呼ばれた人物とは違い、ずいぶんと柔らかな物腰の男だった。甘さを湛えた顔立ちは知性に富み、優しげに微笑んでいたが、こういうタイプこそサディズムを秘めているものだ。

「こんな無礼なことをされたのは初めてだ！」

「お腹立ちはごもっともです。ご安心ください。彼には——相応の罰を与えますから」

そう言って笑みを浮かべたまま振り返った男の目には、まるで子供のような残酷な光が浮かんでいて、雛希の背にぞくり、と寒けが走る。

「連れていって」

雛希は黒服たちに両腕を取られ、フロアの中を歩かされた。てっきり退場させられるものと思っていたのだが、彼らの足が目指すところを知って愕然《がくぜん》とする。

自分は明らかにステージへと連れていかれている。

では、仕置きというのは——。

「ま…待ってください、そんなっ！」

そこは多少の段差のある、円形に近いステージだった。雛希がその中央に連れていかれると、すぐに上から音を立てて枷が下りてくる。それらに両手首を繋がれて、雛希は大勢の視線の前に晒されることとなった。

「さて…と、責め手はどうしようかな？」

見かけだけ柔和な男がぐるりと客席を見渡すと、すぐ側から声が上がる。

「俺がやる」

鳴原だった。彼はどこか意を決した表情で振り返った男に歩み寄って訴えた。

「漣さん、そいつが粗相したのは俺の不始末だ。仕置きは俺自身の手でやらせてくれ」

「ふーん……」

漣と呼ばれた男は薄く笑い、雛希と、そして鳴原を見る。それから側にいた景彰に伺うように視線を向け、相手が頷いたのを確認してから承諾した。

「いいよ。僕たちのエンジェルはやきもち焼きだから、シギがやってくれるならちょうどいい」

「漣」

側にいた七瀬が咎《とが》めるような声で小さく男を呼ぶ。彼の綺麗な顔には困惑と同情の色が浮かんでいて、痛ましいような目を雛希に向けてきた。

そんな七瀬から目を逸らしながら、雛希は唇を噛んで床を見つめる。こうなったらもう仕方がない。ここで痴態を晒して鳴原の面目が立つならそれでいいと思った。

「ほう。泣き喚かないとは感心だな。ここで覚悟を決められるなんて、お前くらいのものだったのにな」

景彰が自分のエンジェルに向かって皮肉っぽい笑いを投げかける。七瀬はその言葉に微《かす》かに頬を赤らめ、きつい視線を主人に向けた。

雛希は先ほどの黒服たちによって鋭利な鋏《はさみ》で服を切られ、肌を晒されていく。最後の一枚までもが布きれと化した時には、さすがに身を竦めた。客席の明かりが心持ち落とされ、代わりにこちらに向けて淫靡《いんび》な色のスポットライトが当てられる。

「シギ」

漣が鳴原に向かって何かを放り投げた。彼はそれを受け取り、手の中をちらりと見てから雛希に近づいてくる。

「……シギお兄ちゃん」

「ヘタこくなってあれほど言ったろうが」

舌打ちせんばかりの彼の口調に、雛希は責めるような目で鳴原を見上げた。先ほどの反省はどこへやらで、お兄ちゃんが悪いのだ、と胸の内で呟く。

「――けじめだからな。キッツイのいくぞ。覚悟しろよ」

「……っ」

耳元に唇を近づけられ、低い声で囁かれた。そんなふうにされると、衆人環視の中だというのに雛希の肉体は反応してしまう。仕込まれたからだけではない。それをするのが、彼だからだ。

鳴原は先ほど漣から受け取った小さなケースを開けた。中の透明なジェルを見て、まさか――と思う間もなく、たっぷりと指先に乗せられたそれが尻の奥に塗りつけられる。

「ん、ん……っ！」

吊られた身体が、ビクンと仰け反った。ぬるりとした感触と共に中に入ってきた指が粘膜に触れた途端、苛烈な感覚が身体を走る。

「はう、あ、あ……！」

内奥から激しく収縮し、何度もジェルを塗りつける指を逃がすまいと喰《く》い締めた。この強すぎる疼きには覚えがある。以前、ルナマリアで柄の悪い男たちに使われた、エンジェルヒートという強力な媚薬だ。

自分は多分、この薬によってとんでもなく卑猥な姿を晒してしまうだろう。それをこの大勢の客の前で見せろということか。

「あ、いや、それ、いやあっ…！」

「早いとこ理性飛ばしちまった方が楽だぞ」

たちまち全身を火照らせ、汗で身体を光らせる雛希に、鳴原は早く我を忘れろと囁く。

確かに、他人の目があるということを忘れ、何もわからなくなれば屈辱も薄れるだろう。

雛希の中で溶けた媚薬が、彼が指を動かすたびにくちゅくちゅと卑猥な音を立てる。そんなことにすら興奮を覚えて、雛希は狂おしいほどの恍惚《こうこつ》にきつく眉を寄せた。

「ふ、あっ、はぁっ、…あっ、くぅう…っ！」

鳴原の指に内壁を擦るように嬲られるのがよくてたまらない。もっともっとと腰を突き上げ始めると、その指がなんの前触れもなくズルリと抜けていった。

「ああ、やっ…！」

急激に訪れる喪失感が切なすぎる。媚薬のせいで肌がいっそう過敏になり、夥《おびただ》しく突き刺さる視線さえもがはっきりと知覚できたが、そんなものを気にしている余裕は雛希にはなかった。

「今から、これでお前を打つぜ」

「ん、え……？」

息を弾ませながらふと目を開けると、潤んだ視界の中に鳴原が手に持っているものが見て取れる。雛希の見間違いでなければ、それは乗馬用の黒い鞭《むち》だった。

「ああっ…！」

雛希は思わず声を上擦らせる。それは恐怖と、そして期待が半分ずつの悲鳴だった。そんなもので打たれたら、どんなに痛いことだろう。それを想像するだけで、背筋がぶるぶると震えてくる。

鳴原は雛希の少し後ろに立つと、その鞭の先端で双丘を軽く撫でた。

「あ、あん…っ」

次の瞬間、いきなり強い打撃が柔らかい尻を襲った。

「――――っ…!!」

予想を遙《はる》かに超えた衝撃が、尻だけでなく全身を貫く。大きく見開いた雛希の視界には、けれど何も映ってはいなかった。声にならない悲鳴が漏れ、指先までビリビリ痺れる感覚に汗がどっと噴き出す。

エンジェルヒートを投与しての打擲《ちょうちゃく》は、もともと被虐の下地があった雛希に劇的な効果をもたらした。打たれた瞬間は確かに耐え難いほどに痛かったのだが、そこから広がる痺れの中に甘く蕩ける存在があった。その感覚が完全に消えないうちに、鳴原は二打目、三打目を加えてくる。強さも間隔もまったく違うそれに雛希は構える隙《すき》も与えられず、鞭の味を余すところなく味わわされた。

「くう――――…っ！」

五度目の打擲が終わった頃には、雛希はすでに苦痛の中にある快感をはっきりと感じ取っていた。涙をボロボロと零し、奥歯を嚙みしめて呻きながらも、腰の奥から湧き上がる熱と疼きが止まらない。

鳴原はいったん鞭打つ手を止め、薄赤い痕の刻まれた白い尻を、鞭の先端でそっと撫でる。

「ひぅう…んんっ」

雛希は啜り泣きながら、その感覚に恍惚として喘いだ。

「……どうだ？　尻をぶたれるのは」

感情を押し殺した、冷ややかですらある声がぼうっとした頭の中に響く。雛希はもう、これが人目に晒されているということも忘れていた。痛みと熱さと快感が一緒くたになって理性を蕩かせ、責められる悦びに意識が浮遊している。

「これはなんだよ。ぶたれてこんなになってんのか？」

鞭が雛希の脚の間を軽く撫でた。その途端に痺れるような愉悦が爪先にまで走り、思わず甘い声を上げてしまう。そこは熱を持って勃ち上がり、恥ずかしい形を晒していた。

「あん、ああ…っ…」

「先っぽから出てるのはなんだ？」

雛希の性器の先端からは、透明な蜜が溢れ、根元にまで伝っている。それに気づいた瞬間、カアッと身体が燃え上がった。自分は人前で尻をぶたれて感じてしまっているのだ。

「ああ、あ、ごめんなさっ…」

「なんだって聞いてるんだよ」

鞭の先で乳首をぐりぐりと弄ばれ、雛希は身を捩って声を上げる。身体中がじんじんと疼いて、もうおかしくなりそうだった。

「んっ…ん、俺の…恥ずかしい、汁、です…っ」

「ケツ打たれて感じちまってんのか」

「はっ…、はい、お尻、打たれて、気持ちいい…です…」

息も絶え絶えにそう答えると、ますます興奮が込み上げてくる。使われた媚薬は今や最大限の効果で雛希を苦しめ、何もされないでいるのはつらかった。

「だったら、もっと打ってやろうか」

「ああ、お願い…、お願いしますっ、もっと、打って、お尻、叩いて…えっ！」

煽《あお》られるままに哀願すると、望んだ通りの、いや、それ以上の衝撃が尻に炸裂《さくれつ》して、雛希は高い声を上げる。

「あ、あっ！　あああああ――――っ！」

身体が燃える、と思った。叩かれるたびに体内の血が沸騰して、肌が火を噴きそうになる。腰の奥を突き上げる快感はどんどん濃度を増し、何度目かの打擲の末、雛希はとうとう股間から蜜を噴き上げて絶頂に達してしまった。

「あん、ん、んんんっ！」

がくがくと腰が前後に揺れる。腰が抜けるような気持ちよさに、開いた口の端から唾液が零れて顎を伝った。尻を叩かれただけでイってしまったのは初めてで、その余韻の快感の火種はまだしっかりと内奥に残っている。呆然と息を喘がせている雛希に先ほどの黒服がもう一度近づいてきて、両の足首に枷を取りつけた。そしてそこから伸びている鎖と床に設置してあるフックを繋いで固定すると、もう脚を閉じることができなくなる。

「っ……？」

ようやく我に返った雛希が慌てても、もう遅かった。もっとも最初から正気だったとしても、抗えるはずなどないのだが。

「あっ、な…にっ…？」

最後に後ろから腰を乗せるように台を差し込まれ、雛希は股間を突き出すような姿勢で固定されてしまった。上体が後ろに傾くような格好で不安定極まりない。

「ケツが気持ちいいなら、こっちはもっと気持ちいいはずだろ？」

鞭を弄びながら、鴫原が前に回る。彼の動きに合わせ、雛希の恥ずかしい部分を見ようと、客たちが移動する気配がした。

「あっ…、そんな、いや…っ」

まさかそんな所を打つというのか。

恐怖に背中を冷たい汗が流れる。なのに、脚の間はますます興奮したように熱くそそり立った。鴫原が鞭を構えるのがまるでスローモーションのように雛希の目に映る。そして容赦なくそれが振り下ろされた時、反った喉から絶叫が漏れた。

「ふあああ――――っ！」

最初にやってきたのは熱さだった。それから耐え難い痛みが広がり、一瞬置いて痺れるような快感に襲われる。

「はあ…あああっ！　熱いっ、あつ…い――――っ！」

内腿の柔らかい皮膚を打たれたかと思うと、また股間を打擲されて悲鳴を上げた。痛いはずなのに、その異様な快感は雛希を涕泣《ていきゅう》させ、限度のない愉悦の淵へと引きずり込む。急所を責め抜かれて幾度も達し、ステージの上で気を失った雛希は、背後から鳴原に貫かれる快感で再び目を覚ました。

媚薬を完全に吸収した状態で中を犯され、もうわけもわからずに腰を振り立てる。

「い、いいっ！　ああっ！　いいーっ……！」

内と外から身体が発火しそうな感覚に支配され、貫かれて、はしたない言葉が次々と口から漏れる。

そうしていつ仕置きが終わったのかもわからなくなった頃、ようやく雛希は拘束から解放されたのだった。

「……じゃあね、シギお兄ちゃん」

「ああ」

真新しいスーツを身に纏って、雛希《ひなき》は鴫原《しぎはら》の部屋を後にした。部屋を出る時にちらりと振り返ると、彼は煙草を咥えたままで雛希を見ようともしない。

もう、完全に愛想を尽かされたのだ。

奇妙な冷静さでそれを納得すると、雛希はマンションの廊下に出て迎えに来ていた数人の男たちを見た。

「もう行きます」

代表格の男が頷くと、男たちは雛希を囲むようにしてエレベーターに乗り込む。そんなに厳重に見張らなくても、逃げたりなんかしないのに、と思ったが黙っていた。

車に押し込まれ、雛希が連れていかれたのは都内の高級ホテルだった。ずいぶん形式張ったことをするんだな、と他人事《ひとごと》のように感心する。

地下クラブのお披露目で雛希が粗相をし、ステージ上で仕置きを受けてから一週間が経った頃、雛希に買い手が現れた。

通常、あのステージで罰を受けたエンジェルは格安の値段で払い下げられるという。『ヘヴンのエンジェル』というのはその世界においてある種のブランドになっており、容姿・テクニックとも常に一定以上の水準を保っていることから、それだけで欲しがる輩《やから》は多いらしい。

だが払い下げられるときはそのブランドが剝《は》ぎ取られる。翼を失った天使はただの性奴隷となり、汚泥《おでい》を這い回るだけの存在となってしまう。

鳴原はそれを回避するためにあそこで手を挙げたのだと、雛希は後から黒服の男に聞かされた。失態を犯したエンジェルは調教師から見放される。彼らは自分の成績を上げるため、客の不興を買った性奴は必要ないと判断するそうだ。

鳴原が自ら責め手になったのは雛希を見捨てないという意思表示で、そのおかげで自分は払い下げを免《まぬか》れることができたらしい。

だが、鳴原に迷惑をかけ、雛希はこれでもう完全に自分は彼に見捨てられたと思った。あれ以来いっさい雛希を抱こうとしないのがその証拠だ。

彼は直接何も言ってくれないから、そんなふうに思うしかなかった。

あの夜とは裏腹に心も身体も冷え切ってしまったようで、この先誰かに抱かれたとしても、もう以前のように感じることはできないかもしれない。

けれど、そんな雛希に身請け話が舞い込んだ。相手は有名大学の教授だという。雛希には元から選択権などない。嫌と言えるはずもなく、こうして引き渡しのためにホテルの部屋へと急いでいた。どんな物好きかは知らないが、多分、買い手がついてよかったのだろう。

ホテルの長い廊下を歩いて、ある部屋の前で止まる。男の一人が特徴的なノックをすると、それが合図だったのか、静かにドアが開いた。

「早く入ってくれ」

出てきたのは白髪の目立つ、貧相な身体つきの眼鏡の男だった。

これが自分の主人になる男――と思っても、雛希にはなんの感慨も湧かない。

「三森《みつもり》様、ご所望のエンジェルを連れてまいりました。雛希といいます」

男の名前を聞いた時、雛希はふと何かがひっかかるのを感じた。記憶の海をさらってみて、それが、地下クラブへ行った時に聞いた名前だと思い当たる。

『三森様が』

『ああ、いらしたんですね。まったく、今回もまたお買い上げになる気ですかね』

その会話の様子から、彼があまり歓迎されていない客だということが想像できた。

なるほど、だからか。

質《たち》のよくない客と、払い下げられる予定だったエンジェル。

いらないもの同士組み合わせたというわけだ。

三森は雛希の顔を覗き込むと、その骨張った手で顎を摑んできた。嫌悪感に微かに眉を寄せて視線を逸らすと、三森は満足げにフン、と鼻を鳴らす。

「いいだろう。では、支払いはいつもの通りに」

先日と今の会話から、三森は以前もエンジェルを買ったことがあるらしい。そんなにほいほいと買えるものなのかとわずかな疑念が湧いたが、自棄《やけ》になっていた雛希は、すぐにどうでもいいことだと考えるのをやめた。

契約を済ませた男たちはその場からすぐに立ち去り、後には三森と雛希だけが残される。あまりにあっさりとしたやりとりに、これからこの男が自分の主人なのだということも、ピンとこなかった。

「何をボサッとしている。さっさと来ないか」

自分の買ったものに少しも愛着のない様子で、三森が雛希に冷たい言葉を投げつける。だがその方が気が楽だった。自分はモノになっていればそれでいいのだから。

部屋を出る男の背中を追って、雛希はのろのろと足を動かした。

・

車に乗せられた雛希が連れてこられたのは、郊外にある三森の邸宅だった。

林の中の奥まった一軒家は、屋敷といってもいいくらいの広さを誇っていたが、手入れは行き届いていないらしく、あちこちに埃《ほこり》が溜まっている。

他に人の気配はない。この男は他にもエンジェルを買っているはずなのに——と、不思議に思っていると、ふいに腕を掴まれて開けたドアの中に放り込まれた。

「っ！」

部屋の中央には応接セットが置いてあり、そしてそこにはアジア系と思われる、外国人たちが座っていた。

「お待たせしましたな」

「その子が今日買ったエンジェルですか、三森さん」

「ええそうです。名前は、まあ必要ないですが、雛希というそうです」

外国語なまりの、ややたどたどしい日本語が交ざった会話に、なにか不穏な予感を覚える。

「服を脱いで、身体を見せなさい」

いきなりの命令にためらう様子を見せると、「早くするんだ！」と怒声が飛ぶ。

きっとこの男たちに輪姦《まわ》されるのだろう。

それがこれからの自分の運命なのだと諦めて、雛希は屈辱に唇を噛みながら衣服を身体から落とした。

全裸になると、男たちに商品を手に取って見るかのようにあちこちこづき回され、奥の奥まで見られる。羞恥に必死に耐えながら、だが一向《いっこう》に犯そうとしない男たちに雛希は不審を感じ始めた。この状況に似たものを、以前も経験したことがある。あれは、そう、ルナマリアで調教を受ける前にあちこち身体を確認された時だ。

「どうですかな。掘り出し物でしょう」

「間違いなくヘヴンの商品なのですよね、三森さん？」

「もちろんだ。保証書もここに」

三森はホテルで受け取った引き渡し書を男たちに見せた。彼らはその書類と雛希を交互に眺めると、やがて納得したように軽く頷く。

「わかりました。ではこの金額の、二倍で引き取りましょう」

雛希の瞳が大きく見開かれた。

――――自分はまた売られるのか。今度はいったいどこに。

「助かるよ。これでまだ研究が続けられる」

「彼は今日の夜の船に乗せていっても？」

「ああ、構いませんよ。好きにしてくれ」

「――――お前、服を着ろ」

最後の言葉は、異国の男が雛希に対して発した言葉だった。ともかく、この頼《たよ》りない姿から逃れるべく、雛希は足元に落とした服を慌てて身につける。いったいどういう事態になっているのか、頭が軽く混乱していた。

「では行こうか」

浅黒い手に腕を掴まれ、どこかへ連れていかれそうになって、雛希は動揺する。

「ちょっ……、待ってください、いったいどういうことですか！」

思わず抵抗しながら三森を振り返ると、彼は面倒くさそうに雛希に説明した。

「彼らに君を売ったんだよ。ヘヴンのエンジェルは高く売れるからね」

御法度《ごはっと》の転売行為だ。

エンジェルたちはその品質を守るために、ある決まったルートでしか売買されないと聞かされたことがある。引き取った主人が勝手に別の所に転売するのは、重大な規約違反のはずだ。買ったエンジェルを『廃棄』するには、ヘヴンに連絡し、所定の手続きを踏まなければならない。廃棄されたエンジェルは運がよければそこで初めて自由の身となるか、あるいは中古品としてまた別のルートに流される。

すべてはあくまでヘヴンの厳しい管理下においてのみ行われている。例外はない。

「何かと入り用でね。悪く思わないでくれよ」

——そんな。

この男たちの様子では、もしかしたら外国へ連れていかれるのかもしれない。

ここまで運命に見放されるほど、自分は悪いことをしたのだろうか。

思わず憤りかけた雛希は、いや――とふと感情を凍らせる。

多分、きっと、そうなのだろう。

鳴原の人生を棒に振らせ、彼が守ってくれたものを台なしにした罪は、ただ単に身を落とすだけでは贖えないのだ。

そんな思いにとらわれて抵抗が弱くなった雛希を、男たちは今のうちに、と部屋から連れ出そうと引っ張る。

また、どこか知らない場所へと運ばれる。そう思った瞬間、先ほど入ってきたドアが、突然バン、と外側から開いた。

「！」

「なんだ、君たちは！」

「ヘヴンの者です。あー、駄目っすよ先生、エンジェルの転売は固くお断りしますって、前々から言ってるでしょ？」

雛希には何が起こっているのかよくわからなかった。

いや、目の前の光景は夢なんじゃないかとすら思う。自分があまりそればかり考えていたから、とうとう幻覚まで見るようになったのかと。

「……シギ、お兄ちゃ……」

雛希が危機に陥っているとき、彼はいつも現れる。その事実に、鼻の奥がツン、と痛む。

「な…なんのことかわからんな。これは、彼らと一緒に楽しもうとしてたんだよ。私がエンジェルとどんな楽しみ方をしようが、自由だろう！」

「確かに自由ですよ、手元に置いてるエンジェルならね」

雛希の手を摑んでいる外国人は、厄介《やっかい》なことに巻き込まれたと、露骨に顔に出していた。鳴原の後ろから彼の部下らしき男が数人姿を現すと、こちらは無関係だというように雛希から手を放し、両手を上げる。

「だって先生、前にお買い上げになったエンジェルはどこにいるんですか？　廃棄のご連絡は頂いてないみたいですけど」

鳴原はここにいないエンジェルを捜すように、ぐるりと周囲を見回す仕草をした。

三森はあからさまに狼狽えたが、それをごまかすかのように怒鳴り立てる。

「そんなものは知るか！　だいたいお前らは面倒くさいことを言いすぎなんだ！　私が買ったものをどうしようと私の勝手だ！」

「―――うちも危ない橋渡ってるんでね。あんた、それに同意してうちから買ってったんだろう。それが嫌ならよそから買いな」

鳴原がふいに口調を変え、静かな怒気を身体から発した。それを感じ取った三森は、ぎくりと腰が引けたようになる。

鳴原はいつの間にか、こんな裏の世界の男が持つ凄《すご》みを身につけていたのだ。

「あんたがしてること、上はとっくに疑ってたよ。だから今回ちょっとハメさせてもらったってわけ。——お前ら、ご苦労さん」

鳴原がそう言うと、雛希の周りにいた外国人がぞろぞろと引き揚げていく。ぽかんとする三森と、そして雛希の前で、鳴原は薄く笑って言った。

「こいつらは俺らが雇ったサクラ。まんまと尻尾を出したな、先生」

「な……なんだと……？」

三森は血管が切れそうなほど真っ赤になって、わなわなと身体を震わせた。見るからにプライドの高そうな男は、罠《わな》に嵌《は》められたことが耐え難かったのだろう。いきなりテーブルの上の花瓶を手に取ると、それを勢いよく振り上げて叩き割る。そして残った下半分を摑み、割れて鋭利な先端部分を突然雛希の方に向けた。

「バカにするな！　そっちがその気なら、こいつを傷ものにしてやる！」

「っ……！」

突然激昂《げっこう》して躍りかかってくる三森に、雛希は咄嗟によける以外の行動ができなかった。ガラスの破片が袖《そで》を引き裂き、皮膚が切れて赤い血を滲ませる。

振り返り、次に目に入った三森は、凶器と化した花瓶を大きく振り上げ、それを雛希に突き立てようとしていた。おそらく、次は避けられない。

迫ってくるそれが妙にゆっくり見えたと思った時、横からの衝撃で三森が大きく吹っ飛んだ。

——この光景は。

三森に体当たりした鳴原が、みっともない悲鳴を上げて這いつくばる男の胸ぐらを摑み、無言で殴り飛ばすのが見える。もともと学者肌の三森は自分が受ける暴力にはめっぽう弱いらしく、すぐに無力化した。だが鳴原には容赦しようという様子がまるで感じられない。何度も殴りつけるその姿に、雛希の脳裏に過去がフラッシュバックする。

殴られ、倒れ伏した男。もう動かない身体。赤い血。広がっていく染み。

「——やめて！」

雛希は広い背中に飛びつくようにして制した。

「俺は平気だから。なんともないから——、だから、もう」

俺のためにその温かい手を汚さないで。

ぎゅうっと両腕に力を込めると、鳴原の身体から徐々《じょじょ》に凶行の気配が消えていく。

「……雛希」

鳴原はゆっくりと振り返り、どこか呆然とした表情で雛希を見下ろした。

「傷は」

「少し掠っただけ。そんなに深くない」

「……そっか」

彼もまた、あの時のことを思い出したのだろうか。

「……帰るぞ」

差し伸べられる手。雛希はそれをじっと見つめてから、だが鳴原の脇を通り過ぎた。餌にされて怒っているわけではない。むしろそれくらいは当然だし、彼の役に立てたのならすごく嬉しい。

けれど同時に、やはり自分は彼の害にしかならないのだと実感してしまった。

雛希のために他者を傷つけ、結果、彼自身が最も傷つく。

――自分は彼の側にいるだけで迷惑をかけてしまう。

鳴原がハッとしたように雛希の方を見たが、視界に入れないふりをして部屋を後にする。

鳴原の部下に取り押さえられた三森の罵声《ばせい》が、背後で耳障《みみざわ》りなくらいに響いていた。


「乗れ」

鳴原の部下たちが乗ってきた車のドアが開かれ、そのうちの一人に促される。雛希は言われるままに乗ろうとして身体を屈めたが、その瞬間、後ろに腕を強く引かれてよろけそうになった。

「……っ⁉」

「シギさんっ⁉」

周りから驚くような声が上がるが、雛希は急に反転する視界に何が起こったのか把握できない。先ほどとは別の車の柔らかいシートに倒れ込んだかと思うと、背後でドアがバタン、と閉まる音がする。

「え…っ？」

すぐにエンジンがかかり、発進する時の衝撃で一瞬身体がシートに押しつけられた。我に返った時にはもう車はすごいスピードで走りだしていて、振り返った雛希の目に部下の男たちが慌てて自分たちの車に乗り込む姿が見える。だが、もう追いつくことはできないだろう。

「シギお兄ちゃん……？」

運転席の鳴原に恐る恐る声をかけるが、彼は前方を睨んだまま、怖い顔でハンドルを握っている。

あそこにいた男たちの反応からいって、これは多分鳴原の独断だ。

「どこに行くの？」

「ちょっと黙ってろ。後で説明すっから」

鳴原の行動の理由がわからなくて、雛希はただ困惑するしかなかった。自分をこんな形で攫《さら》うように拉致《らち》して、いったいどうするというのだろう。

黙っていろと言われて納得などできるはずもなかったが、かなり無茶《むちゃ》な運転をしている彼の気を散らすのも危険なような気がして、雛希は不承不承《ふしょうぶしょう》後部座席に座り直す。

ポツッ、と窓ガラスに水滴が当たり、それは車の速度に比例して横に長く伸びていった。次第に増えていくそれに、空を見上げた雛希は、雨雲が広く覆い始めていることに気づく。

鳴原がワイパーを作動させると、規則正しい機械音が車内に響いて、その密閉感に、まるで世界に彼と二人きりのようだ、と思った。

もっとも雛希にとっては、あの時、鳴原と初めて会った日からずっと、世界には彼と二人きりだった。

無言の鳴原の横顔を斜め後ろから見つめていた雛希は、シートにもたれてそっと目を閉じた。

鳴原は高速に乗って一時間ばかり車を飛ばし、やがて国道らしき道を走って人けのない町を通り抜け、どこかの海沿いでようやっと車を止めた。

もう日は暮れて、窓の外には濃い闇が広がっている。舗道についた明かりと計器の光がかろうじて車内の様子を浮かび上がらせていた。

エンジンを切ると、雨の音だけが聞こえてくる。雛希が彼の言葉を待っていると、鳴原はハンドルに手をかけたまま大きくため息をつき、やがて笑い交じりに呟いた。

「――やべえ。俺、殺されっかも」

「……えっ？」

いきなりの台詞に驚いたが、少し考えればわかりそうなものだった。状況からいって、あれはどう見ても、鳴原が雛希を連れて『逃げた』のだ。そしてそれは、彼が所属する組織に対しての裏切り行為である。

ああいった裏社会の規律は、下手《へた》をすると表の社会よりも厳しいものだ。ほんの短い間だったが、鳴原の元に留め置かれてその世界を垣間《かいま》見た雛希にもそれは容易に想像できた。

「どうしてこんなことしたんだよ⁉」

「仕方ねえだろ！」

鳴原はまるで癇癪《かんしゃく》でも起こしたように声を荒げる。

「あのまま戻ったら、また初めっからやり直しだ！　お前は店に出されて、誰か他の客がつく！　それっくらいなら……！」

一気にまくし立てた鳴原は、そこで我に返ったように怒気を抜いた。わざとふざけたように言うのは、いったいいつからの癖《くせ》なのだろう。

「それくらいなら、お前を連れて逃げて、殺された方がいくらかマシだ」

シン、と車内が静まり返る。雨に冷えた空気が忍び込んできたように寒くて、雛希はぶるりと身を震わせた。

「……なんで、そんなこと言うわけ？」

返す声は、だがそれ以上に冷ややかに零れ出る。鳴原の言葉は、雛希には理解できなかった。

「おかしいよ。俺はシギお兄ちゃんの人生めちゃくちゃにしたんだよ？　なのに今さらのこのこ現れて、だまし討ちみたいにして抱かれて、すごい変態趣味晒して。それに、さっきなんて、また俺のせいで人を傷つけさせた……！　こんなにたくさん迷惑かけてたら、ほんと呆れて当然だと思う。だから、今みたいなのって、絶対おかしい。ありえない」

「……ありえない、か」

否定形の話ばかりする雛希の言葉尻を、鳴原はぽつりと繰り返す。

「ルナマリアで最初にお前に会った時、似てるって思った。でもまさかだろって。俺あん時お前の名前聞かなかったけど――――、多分、今会ったらこんな感じだろうなって思って抱いた」

話が何か思ってもみなかった方向へ流れるのに、雛希は軽く困惑した。

「でも確かめて違ったらがっかりするから、そのまま帰した。……意外とちっちぇえよな俺って。でもなあ、その後で今度のエンジェル候補だっつってお前の資料見せられた時は心臓止まるかと思ったぜ」

あの夜の悪いウサギが雛希だった。しかも、人様に言えない性癖を抱えてエンジェル候補としてやってくる。その時の鴫原の衝撃がどれほどのものだったか、雛希にも想像はつく。

「……ごめんなさい」

多分、二度と関わらない方がよかったのだ。なのに雛希がいつも鴫原のことばかり考えていたから、彼を呼び寄せてしまった。

「お前いっつもそうやって俺に謝るけど」

鴫原は今度はおかしそうに笑う。

「謝らなきゃなんねえのは俺の方だ」

「…………」

その言葉に雛希は伏せていた目を上げて、鴫原を見た。

「昔、あんなことになって――、俺が考えなしにバカやったせいで、お前に消えない傷をつけた。なのに俺はてめえのことでいっぱいいっぱいになって、自分だけ逃げ出したんだよ。お前を置いて」

「……そんなこと言わないでよ」

封じた痛みが目を覚まして疼く。一人にされて乾いた風が胸の中を吹き荒れたあの頃、ひび割れた心にはじくじくと血が滲んだ。だが、それでも。

「お兄ちゃんは悪くないよ。シギお兄ちゃんは、怖い園長先生から俺を守ってくれたじゃないか。なのにそのせいであの町にいられなくなって」

――そう、すべては自分のせい。そもそも自分が縋りさえしなければ。

けれど、そんなふうに悔恨の念を抱いてみても、もし今あの時間に戻されたら、やはり雛希は鳴原に縋ってしまうだろう。本当に、自分はいったいどこまで恥知らずなのか。

「……だったらお前、責任取るか？」

「え」

「俺の人生台なしにしたって言うんなら、俺が望むことで償ってみせるか？」

「どう――したらいいの」

そんな方法がもしあるのなら、今すぐ教えてほしい。雛希が身を乗り出す勢いで鳴原に尋ねると、彼は笑みさえ浮かべて言い放つ。

「俺のエンジェルになれよ。俺だけの」

「――……」

頭の中が真っ白になった。

あまり何度も願いすぎて、とうとう妄想《もうそう》と現実の区別すらつかなくなったのかと思う。

耐えられなくなった雛希はドアを開け、雨の降る外へと飛び出した。冷たい雨が容赦なく降り注いで、たちまち体温を奪う。

「雛希！」

鳴原が追ってくる気配がして、鋭く名前を呼ばれた。距離を取ったまま振り返り、やはり雨に打たれて頭や肩を濡らす彼に向き合う。

「……やっぱり、シギお兄ちゃんにこれ以上迷惑はかけられない――、一人でも戻る」

あんなに望んでいたくせに、いざ欲しい言葉がもらえるとなると、急に怖くなった。

鳴原のエンジェルになれたらどんなに幸せだろう。けれど、それに目がくらんで二人で逃げてどうなる。早晩組織に見つかり、殺されるのがオチだ。

また、自分のせいで、彼の人生を狂わせてしまうのか。

そんなことは、絶対に許されない。

「ここからどうやって戻るってんだ」

「ヒッチハイクでもなんでも。とにかく戻って、お兄ちゃんを許してもらえるよう頼むよ。俺が戻れば問題ないんだろ？」

雛希の必死の訴えに、だが鳴原は苦笑するような表情で肩を竦めた。

「甘《あめ》えよ。お前がどうこうよりも、問題は俺が命令違反をしたってことだ。もう取り返しつかねえんだよ。あの人たちは裏切り者は絶対に許さねえ」

「そんな――……」

その答えはあまりに絶望的なものだった。

何か、何か方法はないのだろうか。

恐慌寸前の頭で考えるが、鳴原が『取り返しがつかない』というそれを覆《くつがえ》せる案など、容易には浮かんでこない。

もう、どうにもならないのか。

雛希は絶句したまま、けぶる視界にただ鳴原を映し続けた。

それなら――。

雛希はぎゅっと拳を握る。雨の降る暗い夜空に顔を向けて、人生最大の葛藤をした。

言わずに終わろうとしたけれど、もし本当に助かる道がないのなら、最後に鳴原に自分の正直な想いを伝えてもいいだろうか。それとも、そんなことをしてもまた彼に迷惑をかけるだけだから、やめるべきだろうか、と。

すると、鳴原が口を開いた。

「……もしかして、お前、俺のこと嫌いだった？　――やっべ、俺超カッコ悪いじゃん。もしかしてこのままイケるかと思ったのに」

「嫌いなわけないだろ！」

思ってもみないことを言われて、雛希の頭に一瞬にして血が上る。

「里川の家に養子に入って東京に来てから、もしかしたらシギお兄ちゃんに会えるかもしれないって、ずっと捜してた。もし会えたら謝らなきゃって。ううん、本当はそんなのよりも、俺がただお兄ちゃんに会いたかっただけなんだ」

会いたくて、ずっと会いたくて、鳴原に会うためならなんでもした。それこそ、どうでもいいような男に脚を開いてまで。

「俺もだ」

最初、その声は雨音にかき消されそうで、だが二度目ははっきりと聞こえた。

「俺も雛希に会いたかった」

「……本当に？」

「嘘じゃねえ。こっちに出てきてから、お前のこと何度も思い出してたよ。今どうしてるかなって思って、後悔してた。ずっと」

自分一人であの町から逃げ出したことを悔やんでいたと鳴原は語った。

「今やっと会えたんだ。俺はもう後悔したくねえ」

「……お兄、ちゃ……」

差し伸べられた手に、身体が先に動いていた。開かれた胸に飛び込むと強く抱き締められ、一瞬息が止まる。

「――寂しかった。お兄ちゃんがいなくなって、ずっと寂しかったよ」

「ああ、ごめん」

途方に暮れ、自暴自棄に明け暮れた日々は、雛希にとって苦いものだった。だがそんなことは、もうどうでもいい。

「……お前を巻き込んじまったな」

「ううん、いいんだ。嬉しい」

今度は彼に巻き込まれるなら、それこそ本望というものだった。鴫原と運命を共にできるのなら、それがどんなものでも構わないと、雛希は本気でそう思う。

「俺の全部、シギお兄ちゃんにあげたい」

あれだけ身体を繋げておいて何を今さら、と思うが、これまでは自分の想いだけは引っ込めていた。だが、それを彼が受け取ってくれるというなら、何も残らないくらいにすべてを捧げたい。

「なら俺も、お前に全部やるよ」

雛希が鴫原の胸に埋めていた顔を上げると、彼はそれまでに見たことのないような表情をしていた。とても優しくて、どこか苦しそうで、それでいて満足げな笑み。

「いらねえっつって返すなよ。無理やりでもねじ込むからな」

こんな雨の中で、二人ともバカみたいに濡れるがままで、もうすっかり冷え切っている。それなのに身体がカッと燃えるような感覚がして、雛希は瞳を潤ませて訴えた。

「ねじ込んで……」

鳴原は口元の笑みを雄《おす》の匂いを湛えたものに変えると、雛希に口づけた。


国道沿いに建っているホテルに車を乗り入れ、適当な部屋に入ると、二人はもう待ち切れないように抱き合い、何度もキスを交わした。

あれだけの行為を繰り返したにもかかわらず、これまで唇を重ねたのはほんの数えるほどだった。

「キスはなるべくしないようにしてたんだ。俺がお前を好きなの、バレちまうから」

「…うん、全然わからなかった」

くすくすと笑いを漏らしながら、互いのそれを啄《ついば》み合う。服を脱がせていくと、鳴原が雛希の腕の傷をそっと窺った。

「大丈夫か？」

「もう血は止まってるし、平気だよ」

もともとそんなに深い傷ではない。縫う必要もないくらいだろう。だが鳴原は眉を顰めて、車から持ってきたキットを開けた。

「とりあえず絆創膏貼《ばんそうこうは》っとくぞ。風呂から上がったらちゃんと手当てしてやる」

手当てしても、明日には無駄になっているんじゃないのかな。

雛希はそう思ったが口には出さなかった。

それから冷えた身体を温めるために浴室に入る。初めてでもあるまいに、お互い裸になってしまうと我慢できなくなったように、シャワーの下で何度も激しく舌を絡ませ合った。

「ん、んっ…ん…」

敏感な口腔を舐め回され、舌を捕らえてしゃぶられて、頭の芯がくらくらと揺れる。その間も鳴原の手はゆっくりと雛希の濡れた肌をまさぐり、両の膝をわななかせた。

「ん…、もう…、立ってられない…よ…」

「まだ、ほとんど何もしてねえぞ」

そう言いながらも大きな手が双丘を強く揉みしだいてきて、雛希は短い声を上げながら小さく仰け反った。

「お前が好きなことしてやるから」

これまでの調教で、雛希がどんな仕打ちに弱いのか鳴原にはすべて把握されている。だがそうでなくても、彼がするならどんなことでもきっと気持ちいいだろう。甘い期待に雛希の身体が思わず震えた。

もうほとんど力が入らない身体をバスタブに入れられ、後ろから抱かれて愛撫される。

「あ…っ、あぁ…っ」

「こんなに乳首尖らせやがって」

湯の中で捕らえられた胸の突起は、鴫原の指先で何度も転がされ、摘まれ、くすぐられて、硬く凝っていた。

「ここ、好きなんだよな？」

「ん…っ、好き…、きもちい…から…っ」

いつも執拗にそこを責められていたから、雛希のそれはますます敏感になり、大きさも増してしまった。

耳の中には舌先を差し込まれ、クチュクチュと音を立てながら嬲られて、さっきからバスタブの中でひっきりなしに喘がされている。

「はあ…、ん…ぅぅ…」

感じるふたつの突起を指先で何度も弾かれて、そこが甘く痺れた。乳首から生まれたそれが身体中に広がっていくのに、たまらずバスタブの縁を握った手に強く力を込める。

「や…ぁ、ま、また…、乳首でイっちゃうから…っ」

腰骨までもがジン、と熱を持つような感覚に、雛希は下肢をくねらせた。鳴原のものの存在を尻のあたりに感じて、その熱さと硬さに内奥がひくひくと疼く。

「ここでイくの、好きだろ？」

「ふあっ！」

ふいにきゅうっ、と強く摘まれて、雛希は高い声を上げてしまった。何かが身体の芯から込み上げてきたが、なんとか我慢をしてそれを押し止《とど》める。だが極めることを覚えてしまった雛希の突起は、容赦なく続けられる愛撫に、これ以上はないほど硬く勃起した。

「俺もお前の乳首好きだぜ。素直でエロくて、可愛いよな」

「ああ……んっ！」

卑猥な言葉を注がれて興奮に仰け反る。ひっきりなしの呼吸に喘ぎが混じって、もう自分がいくらももたないことを思い知らされた。身体の中心を通る快楽の琴線《きんせん》が鳴原の手によって爪弾《つまび》かれ、止められない波がせり上がってくる。

「く、うっ、んんんっ！　ああっ、変にっ…なっ…！　あっ、あ――――！」

浴室の中に雛希が極めた声が反響し、湯面がざわめいた。性器以外の場所で達すると、絶頂が深くて少し怖い。身体の中が欲しがって、蠢いている。

「や…、もう…、頭、熱い……」

くらくらしてのぼせそうだ、と訴えると、耳元で鳴原がくすり、と笑った。

「じゃあベッド行くか」

後ろから包み込むように抱かれ、力の入らない身体を引き上げられる。

先のことは、もう考えないようにしようと思った。彼がいなくなってしまってから、自分はずっとこの瞬間を夢見ていたのだから。

指の先まで溺れるために、雛希は彼以外のことを頭から追い出した。


本当はすぐにでも続きをしてほしかったのだが、ベッドに連れていかれてから、鳴原は雛希の腕を消毒し、包帯を巻いてくれた。

「裸に包帯だけってのもなんかエロいな」

「……そういうの趣味？」

「いや、お前だからじゃねえの？」

さっきさんざん嬲られた乳首をぴん、と指で弾かれ、あっ、と声を上げて身体を仰け反らせる。無防備な湯上がりの肌は中途半端に火をつけられ、鳴原の愛撫を待っていた。

「雛希」

「んっ」

急に顎を捕らえられ、深い口づけが襲ってくる。まさか本当に包帯姿に欲情したのか、と思ったが、舌をしゃぶってくる卑猥なキスにすぐにどうでもよくなった。

「ん、ん…ん」

ベッドに沈められ、口の端から唾液を滴らせんばかりに互いの口腔を舐め合う。もうそれだけでどうにかなってしまう、と思ったところで、ようやく鳴原がゆっくりと顔を離していった。熱を持つ唇をそっと指で押さえながら、雛希はうっとりと彼を見上げた。

「お兄ちゃんのキス…、気持ちいい……」

「もっと気持ちいいことしてやるよ」

鳴原の唇が、首筋から胸元へと移動していく。さっきも責められた乳首を口に含んで舐められ、雛希は切れ切れの声を上げながらシーツを摑んだ。

「や、あ…、そこ、もう、や…っ」

そこは確かにすごく感じるが、それ以外の場所が刺激を求めてひどく疼く。そのもどかしさに耐えきれず、雛希は嫌々と首を振った。

「わかってるって」

唇が乳首を放し、さらに下へとずれていく。下腹部を啄まれた時、雛希はある予感に思わず腰を浮かしそうになった。ぐい、と両脚を押し開かれ、恥ずかしい部分をすべて晒す格好にさせられる。

ああ、と羞恥の吐息が漏れた。はしたなく形を変え、すでに先端を潤ませてさえいるそれを鳴原に見られているかと思うと、興奮してたまらない。

「あ…っ、あっ、んんんっ！」

強すぎる快感がそこを駆け抜け、雛希は喉を反らせて喘ぐ。熱く濡れた感触が脚の間を包み、絡みついてはしゃぶられて、身体の芯が引き抜かれそうな感覚に襲われた。

「ふあ、ああっ！　そ…それっ、いい…っ！」

巧みな舌に弱い部分を責められ、足の爪先がぶるぶると震える。彼は雛希のそれをきつく吸い上げたり、唇で扱いたりした後、また口から出して根元からちろちろと舐め上げてきた。鳴原の舌先に刺激に脆い裏側を辿られるたび、甘い毒のような痺れが下半身に広がっていく。

「は、あ…っ、ああ、んはぁっ…あっ」

「気持ちいいか？」

「あん、あっ、気持ちい…っ、すごく、濡れちゃ…」

先端から滴るように溢れだした蜜が側面を伝い落ちる。それが根元を撫で上げている鳴原の指を濡らし、ぬちゃぬちゃといやらしい音を立てていた。

「ふううっ！」

舌先で先端を舐められた瞬間、頭の中が真っ白にスパークする。シーツの上を頼りなく彷徨《さまよ》っていた足の爪先がぎゅうっと内に丸まった。音を立ててくびれた部分に吸いつかれ、溝のあたりを何度も舌で撫で上げられると、今度は開ききった足の指がわなわなと震える。

「あぁあっいっ…！　お、お兄ちゃんっ、い、イっても…、いい…っ？」

これ以上は我慢できない。けれどいつものようにそこを拘束されていないから、雛希は達するための許可を鳴原に求めた。

「いいぜ。けどこんなもんでイってたら、後からもたなくなるけどな」

それでもいいならイきな、と咥えられ、きつく舌を絡められて、雛希の腰の奥が爆発する。

「あっ、あっ、あっ！　――――っ！」

背中が限界まで反り返り、腰が浮き上がりそうになった。けれどそれも押さえつけられ、強く吸われ、雛希は鳴原の口の中に思い切り射精する。

「くぅ、ふ、んんん…っ！」

放ったものを飲み下す気配が伝わってきた。丁寧に後始末され、くすぐったさに下肢をビクつかせながら、雛希は恐る恐る彼に問いかける。

「…飲ん、だ、の……？」

「ん？　お前だって俺の飲んだろ？」

「だ、だってそれは…あっ…」

後ろをまさぐられる感覚に大きく喘ぎながら、雛希は鳴原の行為に戸惑いを見せた。

「それは、俺がエンジェルだから…だし…」

「主人の嗜好に従うのがエンジェルだろうが」

俺がしたかったんだから何も問題ない、と宥められて、雛希は身体中が熱くなるような感覚に陥った。これまでずっと自分の想いは叶わないと思っていたから、そんなことを言われたらどうしたらいいのかわからない。

「今度はこっちも、だからな」

「ああっんっ！」

後ろに指を差し込まれ、内壁を撫でるようにしてかき回される。快感にまどろんでいた肉体は待っていたようにそれを受け入れ、嬉しそうに絡みついていった。そして鳴原の舌先が雛希のものの先端に再び触れてきた時、ビクンッ、と全身が跳ね上がる。

「う、んんっ…！　ん、ああっもうっ…！」

達したばかりのそれを弄られるのは、感覚が鋭すぎてつらい。しかも内奥をまさぐられながらでは快感が過ぎて耐えられなかった。

けれど鳴原はそんな雛希の状態などお構いなしに、舌先で蜜口を抉り込むようにして責めてくる。

「ひ、ぃ……っ！」

鋭い悦楽が腰から脳天までも貫いてきた。前後を同時に可愛がられ、腰から下が熔けていきそうになる。

「いや、あ…あっ！　そ、そんなにっ…！　そんなに、された…らっ！」

「すげえ、中、グチュグチュ」

奥まで入っている指に媚肉を捏ね回すように刺激され、男のものを受け入れて極めるようにつくり替えられたそこがずくん、と快楽を訴えた。無意識に腰を振り立てながら、鳴原の指を締めつける。

「やだ…あ、恥ずかしっ…！」

ひどくされると感じてしまう、被虐の身体。エンジェルとして調教される時はまだ割り切っていられたが、こんなふうに睦言《むつごと》を囁かれてしまっては、痴態を晒すことが恥ずかしくて仕方ない。けれど愉悦の波は容赦なく雛希に襲いかかってきて、抗うこともできずに三度目の絶頂を味わわされた。

「くあ、あぁあ…っ！」

我慢を強いられていないと、いとも簡単に達してしまう。まだ鳴原を受け入れてもいないのに、最後までしたらどうなってしまうのだろう。

そこまで考えて、ふと、『最後』という単語に反応した。もしかしたらこれが最後の交合かもしれない。鳴原が所属している組織は命令違反をした彼を当然捜しているだろう。

もう少ししたらきっと自分たちは捕まってしまい、そして。

「……雛希？」

ぺちぺちと軽く頬を叩かれて、雛希はふと我に返った。はあはあと息をつきながら目を上げると、少し心配そうな顔をした鳴原が覗き込んでいる。

「……平気」

お兄ちゃんにされることなら、全部平気。

雛希は薄く微笑んで、力の入らない両腕を鳴原の首に回した。すぐに力強い腕がぎゅうっと抱き締め返してくれて、心地よさに深いため息をつく。

「……入れていいか？　さっきからもう限界だ」

「うん…、来て」

入れて。その熱で俺を貫いて。

指で嬲られていた部分に、彼の凶器の先端が押し当てられる。その感触だけでヒクついてしまう場所に、彼はゆっくりと、だが容赦なく突き入れてきた。

「ああ、あ、あ…！」

ぞくぞくっ、と背中が痺れるような感覚に肌を震わせる。卑猥な音を立てながら埋没していくそれを、雛希の柔肉は待ち焦がれていたように受け入れ、包み込んでは奥へと誘《いざな》った。

「すげえ…、な、この中」

「あぁっお兄ちゃ…っ、あ…んっ！」

抱かれることに慣れた身体は、達するごとに敏感になっていく。挿入の感覚だけで昇りつめてしまいそうになるのを耐えて広い背中にしがみついていると、奥まで到達した鳴原が雛希のこめかみに労るように唇を落とした。

「……っ」

「もう俺だけにしとけよ。雛希。な？」

その言葉を聞いた時、視界がふいに歪んだような気がした。瞬きをすると目尻から水滴が流れ落ち、そこで初めて自分は泣いているのだと気づく。

「…っ、うん」

雛希は何度も頷いた。身体の奥で息づく彼を感じながら、胸が張り裂けそうな感情に思わずしゃくり上げる。

「ごめん、ね…っ、こんな、やらしい、身体になって」

緩やかに動き始めた鳴原にまた蕩けそうになりながら、雛希は説得力のない謝罪をした。

「……お前、俺に会ってから謝ってばっかだな」

ホスト時代に何人もの女性が夢中になっただろう、端正で少し危険な匂いのする顔が苦笑を浮かべ、困ったように雛希を見下ろしてくる。

「だってっ…」

「エンジェルがエロいのは当たり前だろうが」

少し強めに突き上げられ、雛希はくう、と唇を嚙みしめた。

「お互い変わったことはお咎めなしにしようぜ。俺だって昔とはずいぶん違う」

「そんなっ…、シギお兄ちゃんは変わってないよ。見かけはそうかもしれないけど、あの時と同じように、すごく…、優しいよ」

必死にそう訴えると、鴫原は一瞬黙り込んで雛希を見つめた。何か怒らせたかと身を竦ませると、大きな手が乱れた髪を柔らかく梳《す》いてくる。

「そういうお前も変わってねえぜ。どっか危なっかしくて、放っておけないあの時のまんまだ」

「――――」

どうしてそういうことを言うのかな。

あの時のまま、ただ眩《まぶ》しい彼を見上げていた幼い頃と、一緒なわけはないのに。

それでも彼の気持ちは嬉しくて、雛希は口元に微笑みを浮かべると鴫原に感謝のキスを送った。

「そんなこと気にしてるお前も可愛いけどな」

身体の中で、鴫原が次第に大きく動き始めて、雛希は徐々に自分を保っているのが難しくなってきた。

「ん、うんっ…！　あ、あっ！」

すっかり内壁に馴染《なじ》んだ逞しいものが、入り口から奥までを余すところなく擦り上げてくる。そのたびに脳髄が痺れるような快感が走り抜け、彼を咥え込んだ部分が熔けそうな熱さに襲われた。

「…ていうか、どっちかっつうと、そういうお前に欲情してる俺がヤバイかもだ…」

「あ、あんっ！　ああっ、強…い…っ！」

だんだんと大きくなる衝撃を受け止めきれず、雛希は思わず音を上げる。だが鳴原が許してくれるはずもなく、弱い部分ばかりを突き上げられて、高い悲鳴じみた声を上げさせられた。

「ひぁ、あっ！　はぅ、ああっそこだめっ…！」

「ここだろ？　…ダメなとこ。そらっ、もっと味わいな…っ」

鳴原の凶器の切っ先が、雛希の最も脆い部分をぐりぐりとかき回す。そうされると、まるで壊れたようにだめ、いやという喘ぎを繰り返すしかなかった。さっきとは違う涙が勝手に出てきて、内壁が痙攣しっぱなしになる。

「はあっ！　ああっ！　や、だ…め、気持ち、よすぎ…っ」

「お前の中…、うまそうに俺をしゃぶりまくってる…、くっ」

快楽を堪えたような声が、鳴原の喉からも漏れる。ふいに最奥に、強く小刻みな動きでぶち当てられて、雛希は身体がどこかへ浮き上がってしまいそうな感覚に襲われた。

「ああ、あんんっ！　い、イくっ！」

両腕で鳴原に必死にしがみつくと、背骨が折れるのではないかと思うくらいに強く抱き返される。

「…ってめ、んな締めんなっ…！　俺もイくだろっ」

「ふあ、や、ああっ出して…っ、お兄ちゃんの、なか、出して…っ！」

その瞬間にひときわ強く突き上げられ、身体がバラバラになりそうな快感が、深い所から押し寄せてきた。呑み込んだ男根の先端から熱い迸《とばし》りがどくどくと放たれ、雛希の媚肉を濡らし上げていく。

「んん、ん――――っ…！」

死んでしまいそうだ、と思った。あまりに強烈な絶頂感が、身体中を火のように駆け巡って脳を焼く。

「くう、あ、んん…っ」

雛希の中に何度も放出しながら、鳴原が貪るようなキスを仕掛けてきた。応える余裕もない雛希は、ひくひくと震えながら口も犯される。

ようやく少しばかり意識が明瞭《めいりょう》になってきた時、雛希は自分の上体が引き起こされるのを知覚した。まだ鳴原が入ったままで、自分の重みで彼をまた深くまで受け入れてしまう。

「ふううっ…、ああっ！」

ずぶずぶと埋まっていく感覚に、身体中が総毛立った。

「まだ終わると思うなよ」

双丘を両手で鷲掴みにされ、乱暴なほどに揉みしだかれる。挿入されたままでそんなことをされると、柔肉の微妙な部分が刺激されてたまらない。

「あぁぁあ…っ、だめ、それ、だめっ…！」

ちょっとした快感ですぐ達しそうになってしまう。イきっぱなしになる予感に、雛希の身体は怯えながらも期待に疼いていた。

「ああ…、動くと…、イっちゃう…っ」

「そっか」

次の瞬間、雛希は両膝の裏に手を入れられ、いきなり身体を持ち上げられる。そして入り口近くまで鳴原が引き抜かれたと思うと、今度は無情に落とされた。

「ひ―――…！」

凄まじい愉悦が濡れた媚肉を苛み、雛希はたちまち極めてしまう。互いの下腹で挟《はさ》み込まれたものから白い蜜を弾けさせ、背中を弓のようにしならせた。

「ふああっ！　ああんんっ…！」

「イきまくらせてやるからな」

「ああっやっ…！　死ぬっ、死んじゃうっ！」

泣き喚きながらも、それで死ぬなら本望だと雛希は思った。大好きな彼に責め殺されるなら、それに勝る悦びはない。

けれど鳴原が与えてくれたのは快楽による生き地獄で、雛希はおかしくなりそうな絶頂に追い上げられたまま何度も失神し、そのたびにまた快楽で引き戻されては容赦なく犯され続けた。

死ぬほど幸せだと思った。

カタカタカタ……とリズミカルな音が聞こえてくる。

泥のような眠りからふと覚めると、鳴原がベッドの上でモバイルを広げてせわしなくキーを叩いていた。

見慣れないその光景を半ば寝ぼけたままでじっと視界に映していると、視線に気づいたのか、鳴原が手を止めて雛希を見やった。

「起きたか」

「……うん」

猫にするような手つきで首から頬を撫でられ、身を屈めてきた彼に軽くキスをされる。

「もう少し待ってな。すぐ終わるから」

「うん」

鳴原が何をしているのかわからないが、特に気にも留めなかった。また忙《いそが》しくキーを叩く彼の横で、丸まったままうとうとと惰眠《だみん》を貪る。

「こんなもんか」

そんな声が聞こえてきた後、雛希は軽く肩を揺すられた。

「起きな。そろそろ行くぞ」

「……シャワー浴びたい」

「ああ。一緒に入るから」

身体中にまとわりついた情交の跡を洗い流すために、二人して浴室へ入る。お互いの身体を洗い合い、軽くじゃれては口づけを交わす行為は、どこにでもいる幸せな恋人たちの光景だった。

だけど違うのだ。雛希にはわかっていた。鳴原はこのまま雛希との逃避行の道は選ばず、彼のボスとの全面対決に及ぶのだと。

それは限りなく勝ち目の薄い賭《か》けなのだろう。だが、たとえどんな結末になろうとも、雛希は最後まで彼と一緒にいられるのならそれでいいと思った。

戻る途中で、鳴原はどこかへ「これから行きます」と電話をかけた。それを聞いていないふりをして、雛希は彼とのドライブを楽しむ。遅い朝食をとるために途中で立ち寄ったカフェでは他愛《たわい》のない話をした。

なんの憂いもない恋人同士を演じようとしていたのに、目的地が近づいたとおぼしき頃、鳴原は助手席に座る雛希の手を握って言った。

「俺は今度は逃げねえからな」

「お兄ちゃん」

「殴り飛ばせる相手じゃねえけど、な」

雛希には想像もつかないが、組織のトップに逆らうということは、どれほど恐ろしいことなのだろうか。

「俺はどうなっても、お前だけはちゃんと助けてやるから」

「――嫌だよ、そんなの。それじゃ、昔と一緒じゃないか」

雛希だけが助かり、鳴原はまた消えてしまう。そうなったら、雛希は今度こそどうしたらいいかわからない。しかも今回の場合、鳴原はどこを捜してもいないのだ。それを思うと、背筋が寒くなる。

「どんなことになってもいいから、シギお兄ちゃんと一緒がいい」

雛希は必死で言い募るが、これに関しては平行線だった。鳴原はどんなことをしてでも雛希だけはと思い、雛希はどうしても鳴原と共にと願う。

もどかしい、と唇を噛んで、厄介な優しさを持つ年上の男を見上げた。

「ま、当たって砕けろってところか」

「砕けたら駄目だろ」

「だな」

鳴原は深刻さを嫌うようにわざと陽気な声を出し、雛希の前髪をかき上げる。

「心配すんな。俺だってなんも考えてねえわけじゃねえよ」

「……うん」

雛希は彼の言葉を信じるしかない。自分には何もできることはないのかと、歯がゆい思いを噛みしめていた。


玄関で迎えてくれたのは、あの美しいエンジェルだった。鳴原は片手を挙げ、ふざけたような仕草で七瀬《ななせ》に声をかける。

「よ、ナナちゃん。ご主人様たちはご機嫌いかが？」

「……奥で待ってる」

対する七瀬の声はどこか硬かった。彼は鳴原から雛希に視線を移すと、何も言わずに背を向けてエントランスからその先の廊下へ進んでいく。

ドアを開けると、そこは広いリビングだった。ベージュで統一された品のいいインテリアは、裏組織のトップの部屋としては少し意外な感じもするが、空間を贅沢《ぜいたく》に使うように中央に置かれたソファに座る男を見て、雛希はゆっくりと息を呑む。

先日の地下クラブで、ダークスーツを着ていた方の男だった。精悍《せいかん》な顔立ちは野性味を湛えて引き締まり、厳しい眼差しは組織に君臨するにふさわしい色を帯びている。一方、ソファの肘掛けの部分には、あの知的な印象の見かけだけは柔和な男が腰を下ろしていた。

腕と脚を組み、入ってきた鳴原たちに向けてちらりと視線を投げかけてくる。

そして七瀬はソファには近寄らず、一人窓際に進んで壁に背中を預けるように佇んだ。

鳴原はもうそうすることを決めていたのか、つかつかとソファに座る景彰《かげあき》の前まで行くと、そこでいきなり膝を折って土下座をする。

「――勝手なことをして、すいませんでした」

鳴原に倣《なら》い、雛希も慌てて床に膝をつく。ラグの感触が脚を包んで、ちっとも痛くはなかったが。

「逃げようとしなかったことは褒めてやる」

どこか物憂げに響く低い声に、鳴原は口元を歪めて笑う。

「多分逃げられないことはわかってたんでね」

「それは賢明だったね。僕らも君を四倉《よつくら》みたいに処分したくなかった」

漣《れん》が穏やかな声で、くすりと笑いを漏らしながら言った。鳴原は顔を上げ、二人をまっすぐに見据える。

「一応確認しときます。もし三森の屋敷からこいつを指示通り連れ帰ったら、こいつはどうなってましたか」

「……あの客はエンジェルの横流しだけでなく、度を越えた変態行為で早々に商品を潰したり、自分の研究の実験台にしたりを繰り返していた。そんなことをされたらブランド力が落ちるんで、うちとしても、そろそろどうにかしなければと思って今回の件を仕組んだまでだ。そこにいるエンジェルは役に立ってくれた。だから払い下げたりはしない。また店に出して客に売るだけだ」

何を今さらと、景彰が事もなげな口調で言い放った。

「――――じゃあ、こいつを俺にくれませんか」

二人の視線が同時に鳴原に突き刺さる。威圧感さえ覚えるそれに、鳴原は少しも怯もうとはしなかった。

「……シギ」

少しの沈黙の後、景彰が冷然と言う。

「冗談が通じる相手かどうか、よく考えるんだな」

「冗談なんか言っちゃいねえ。俺は本気です」

雛希はそのやりとりを横で見ていてはらはらと気を揉んでいた。鳴原が自分を欲しいと言ってくれたことは嬉しい。だが、それで彼に危険が及んでは、なんにもならないのだ。

景彰はそれを受けて、軽くため息をつく。不愉快そうな色が、その表情に浮かんでいた。

「残念だ」

懐《ふところ》に手を入れ、ゆっくりと取り出したものを見て、雛希はびくりと肩を震わせた。男の手の中で黒光りする鉄の塊。

「お前はもっと、頭のいい男だと思ってたよ」

「――――っ」

反射的に鳴原の前に出ようとした雛希を、鳴原の腕が止める。

「お兄ちゃ――――」

「黙ってろ」

鋭く短く制され、雛希は気圧《けお》されて口を噤んだ。

「何もタダでってわけじゃねえ。あの変態が払った金額の倍、いや三倍払う。それに一生あんたらの下で働いて、これからも役に立ってやる」

景彰は冷ややかな目で鴫原を見下ろすと、口の端を皮肉っぽく上げた。

「なるほど。おいしい話だな。――だが駄目だ」

「エンジェル回収後の帰還命令、無視したよね。おまけに勝手にエンジェルを攫ってその場から逃走した」

漣が罪状を読み上げるかのように鴫原の失点を挙げていく。雛希はその言葉に思わず胸が痛くなった。その命令違反は、すべて彼が自分のためにやったことなのだ。

「覚悟があってやったんだろう。なら潔くそれに殉《じゅん》じるんだな」

カチリ、と銃の安全装置が解除される。ぽっかりと開いた無機質な銃口がこちらに向けられた時、雛希は本能的な恐怖に震え、それでも鴫原を守らなければと、彼に手を伸ばそうとした。だが鴫原はまっすぐ正面に顔を向けたままで、挑むように景彰に言う。

「俺が死ねば、あんたたちもヤバイことになる」

「――どういう意味だ」

「なあに、使い古されたほんの陳腐《ちんぷ》な手さ。俺が二十四時間以内にあるデータにアクセスしないと、あんたたちの悪事が証拠付きでいろんなとこに出回るぜ。マスコミはもちろん、警察も一枚岩じゃない。いくら根回しはしてたって、あんたたちの尻尾を押さえようって奴はごまんといる」

「……ほんとに陳腐な手だね」

呆れたような漣の声に、鳴原は得意満面の表情を作った。

「だけど、それが一番効果がある。だろ？」

雛希は今朝方の彼の姿を思い出す。鳴原が徹夜で何か作業をしていたのは、おそらくそれだ。彼はただ無謀に向かっていった昔とは違い、今はちゃんと勝つための算段も忘れてはいないのだ。

「思い上がったら駄目だよ、シギ」

その時、針のように鋭く、氷のように冷たい声が部屋に響く。すぐ側の鳴原の身体がぎくりと強張ったのを感じ取って、雛希は視線をそっと声の主に移した。

漣が、それまでの柔和さを捨て去ったように、怒りのこもった目で鳴原を見ている。その瞳の奥の残酷さに、雛希は背中に冷水を浴びせられたような感覚を味わった。

「それだけのリスクを冒してでも、このエンジェルが欲しいっていうんだ？　じゃあよっぽど大事な子なんだね。――――そんな子を目の前でひどい目に遭わせたりしたら、かなり効果があるんじゃないかな？　まあ陳腐な手段だけど」

先ほどの鳴原の言葉を真似て、くすくすと笑いながら漣が近寄ってくる。咄嗟に雛希を庇《かば》おうとして抱き締めてくる鳴原を、けれど雛希は突き飛ばした。

鳴原は戦った。だったら自分も、覚悟を見せなければならない。

「雛希！」

「……っ、つっ！」

雛希は漣に手首を捕らえられ、見かけを裏切る力でねじ上げられる。それだけで肩にまで痛みが走った。おそらくは人体にどんな負荷をかければ効果的な苦痛を与えられるのか熟知しているのだろう。そしてそれだけではなかった。漣はもう一方の手で雛希の小指を捕らえ、それを手の甲に向かってぐい、と折り曲げる。

「！」

手から脳に、電気信号のように苦痛が流れた。雛希は上がりそうになる悲鳴を寸前で押し止《とど》める。

「やめろ、やめてくれ漣さん！」

「動くなよシギ。お前が動けばそいつの頭を撃つ。長々と苦しめるよりは早く楽にしてやった方がいいと思うなら好きにするといい」

景彰の声を受けて、鳴原が躊躇するように動きを止めた。苦痛に歪む視界の中、それを見た雛希はどこかでほっとする。そう、それでいい。これでお兄ちゃんに、自分の戦いを見せることができる。

「細い指だね。少し力を入れれば簡単に折れちゃいそうだ。叩かれるのは好きみたいだけ

ど、さすがにこれは痛いだろう？」

漣はぎりっ、と捻るように、雛希の指をさらに折り曲げてきた。

「あ、ぐっ……！」

たった指一本のことなのに、冷たい汗がドッと噴き出る。だが雛希は奥歯を嚙みしめた後、苦労して目を開け、漣を見据えた。

「俺、は、平気……、でも、シギお兄ちゃんを殺すなら、俺も一緒に死ぬ……！」

長い時間一人で彷徨ってきた。たったひとつの場所だけを探して、ここまでやってきた。やっと見つけて、ここにいていいと言われたのに、それを奪われてしまったら雛希にはもう何もない。

その虚無感を思えば、これくらいの痛みはなんでもなかった。

「……そう。いい覚悟だね。じゃあ折るよ」

明確な破壊の意志を宿した力が、雛希の指にかかる。せめてみっともない悲鳴は上げないようにしよう。そう思って肩口の服を嚙みしめた時、どこからかその場に似合わない音色の声が聞こえてきた。

「――――漣」

続いて、少しひんやりとした手が、雛希と、それを摑んでいる漣の手の上にかかる。

「俺がやきもち焼きだって知っているんだろう？　なら俺以外のエンジェルに触れないで

くれ。――――それは、嫌だ」

「……七瀬」

あれほど強く捕らわれていた指と手首が、まるで魔法にかかったようにするりと解けていった。解放された雛希がドサリと床に倒れ込むと、すぐに鳴原が抱え起こしてくれる。

「雛希！」

まだびりびりと痺れの残る腕を庇うようにすると、鳴原が大きな手でさすってくれた。

「バカ、お前……、なんて無茶しやがる」

泣きそうな顔でかき抱いてくる鳴原に、雛希はまだ苦痛の残る表情で笑う。

「っつ…、大丈夫、生きてるから……」

そしてふと、こちらを狙《ねら》っているはずの銃口を思い出し、恐る恐る後ろを振り返った。

するとそこには、射線上に立ちはだかっている七瀬がいた。

「それをしまってくれないか、景彰」

「……どういうつもりだ、七瀬」

さすがに景彰も自分のエンジェルに銃を向けるのは居心地が悪いらしい。銃口を下ろしたものの、その表情には、決して楽観できない色が浮かんでいた。

「この世界には面子《めんつ》というものがある。それはわかるよ。あんたに何度も教えられたから」

それまでこの事態を静観していた七瀬は、でも、と自分の主人たちに異を唱えた。

「鳴原さんはこうして頭を下げているし、エンジェルの身請け料も払うって言ってる。その子もここまで身体を張っているし、もういいんじゃないかな。第一彼は、あんたたちの腹心の部下だろう？　よく働いてもらってる。――俺も、助けてもらったし」

静かな口調だったが、そこには揺るぎない意志の強さのようなものが感じられる。これが大天使と呼ばれる存在かと、雛希は目を瞠《みは》った。

「それとこれとは話が別だ。部下だからこそ、ルール違反は許されん」

「景彰」

「黙れ。鳴原は命令に背いただけじゃない。組織の財産であるエンジェルを攫ったんだ。いわば真っ当な会社でいう横領だな。そこにどんな理由があれ、認められない」

あまりの正論に、その場にいる誰もが納得せざるを得ない、と雛希は思った。

しかし――。

「なら、あんたたちも同罪だ」

「なに？」

「だって」

もったいぶったように言葉を切った七瀬は、艶然《えんぜん》とした微笑みすら浮かべて、ある事実を指摘する。

「あんたたちは鳴原さんなんかよりもずっと前に、俺を――エンジェルを、私物化しただろう」

「――――!」

「あー……」

横で間の抜けたような声を上げる漣を、雛希は怪訝な思いで見た。

「確かに。僕たちは七瀬の代金を組織に払っていない。こりゃ立派な泥棒だったかも」

軽く肩を竦めてみせる漣に、七瀬がにっこりと同意する。

「だろう？　勘定方として雇われている俺も、そんな支払い明細は見たことがない」

鳴原は、その瞬間下を向いた。この状況下で、どうやら笑いを堪えているらしい。

相対していた組織のトップは、苦虫を嚙み潰したような表情をしていた。普段非情な印象の男が、珍しいのではないだろうか。

「それが特権だというのならそうかもしれないけど……、でも自分たちはよくて彼は駄目だというのでは、筋が通らないんじゃないのかな。あんたはそういう意味では、公正な男だと思ってたけど」

隣で鳴原が「うまいな」と呟いた。それと同時に、漣がふう、と大きくため息を漏らす。

「七瀬には敵わないよ」

さっきあれだけ無慈悲に雛希の指を折ろうとしていた男がお手上げで降参の意を示した。

景彰はそれでもしばらく渋い顔をしていたが、やがて、やってられない、というように首を振る。

「——シギ。身請け金はお前の給料から引いておく。通常の料金だ。……七瀬、適当に分割して処理しておけ」

「わかった。ありがとう、景彰」

指示を受けて、七瀬が満足げに頷く。

「すまねえ、恩に着る、景彰さん！」

「あ——ありがとうございます」

鳴原が嬉々《きき》とした様子で深々と頭を下げるのに倣って、雛希も礼を述べた。

「礼ならこいつに言うんだな。俺はこれのわがままを聞いてやっただけだ」

景影が顎をしゃくって七瀬を指す。二人に向き直った彼は、軽く肩を竦めながら鳴原に言った。

「これで借りは返せたかな」

「——おつりが来るぜ、大天使様！」

それはよかったと笑う七瀬は、次に雛希に視線を向ける。どこか深い、まっすぐな瞳に思わずどきりとした。

「腕は大丈夫？」

「あ……、はい、多分…」

動かしてみたが、鈍い痛みは残るものの嫌な感じはしない。少し温存していればじきに治るだろうと思った。

「もう平気だろうけど、あまり自分を粗末にしないで、大事にして。俺が言うことじゃないけど」

「――――」

どのようにも受け取れる言葉の意味を測りかねて、雛希は鳴原の方を見た。彼は雛希と目が合うと、くしゃりと頭を撫でてくる。

そうか。もう自分を責めなくてもいいんだ。

すとん、と、そんなふうに気持ちが落ち着いて、雛希は自分の中の何かが変わったのを感じた。これからは一緒にいられる。ゆっくりと埋め合わせをしていけばいい。

雛希は彼の温かい手の感触に、小さく微笑んだ。

「あー、命拾いした……。なんとか首の皮が繋がったぜ」

「お疲れさま。ありがとうお兄ちゃん」

カウンターの向こうで力尽きたように突っ伏す鳴原の髪に、雛希はそっと触れた。

ルナマリアの一階は、普段はごく普通のバーとして裏稼業の隠れ蓑《かくみの》になっている。まだ誰もいない昼間の店の中で、雛希は鳴原が淹《い》れたコーヒーを飲んでいた。

「いや、マジな話、あの人たちが許してくれるかってのは五分五分だったよ。漣さん怒らしてお前に痛い思いさせちまったし」

そう言って痛ましそうに雛希の腕を見つめる鳴原に、笑って首を振る。

「別にたいしたことにはならなかったし、大丈夫だよ」

あのまま本当に指を折られていたとしても、それで自分の真心が証明できるのなら雛希は構わないと思っていた。

「あの人たちも、ちっと変わったな」

「……そうなの？」

先を促す雛希に、鳴原は少しばかり遠い目をして口の端を上げた。

「前だったら、どんなトラップを用意しようが、間違いなく俺の命はもうなかったね。ありゃナナちゃんのおかげだな」

彼らが七瀬というエンジェルを手に入れたことで、他人に対する執着を覚えた。それが鳴原の想いを理解させ、渋々ながらも許してくれたのだろう。その他にも、鳴原のこれまでの働きなども考慮してくれたのだろうが、七瀬の存在はでかい、と彼は言った。

「ナナちゃんがいなかったらどうなってたかって感じだな」

あのエンジェルに対するその呼び方に、雛希は少しだけ不安を抱いていたのを思い出した。あの人はヘヴンマスターのものだけど、鳴原もまた、七瀬ととても仲がいいように見える。そういえばあの地下クラブで粗相をしたのは、それが原因だったっけ。

「あの……、あの人と、仲いいの……？」

「んっ？」

煙草を取り出して咥えた鳴原が、きょとんとした顔をする。

「七瀬さん」

地下クラブでも仲よさそうに話してた、と雛希は口ごもりながら訴えた。

「あの人、すごい完璧だよね。綺麗だし、堂々としてるし、それでいていい人だし」

あの二人を相手にしているということは、おそらくエンジェルとしても優秀なのだろう。とても敵わない、と雛希は思った。

「え、お前――――、ナナちゃんに妬《や》いてんの？」

「わかってるよ。身の程知らずだって」

鳴原には雛希の知らない年月がある。彼はその間、様々な人間と関わり合い、いろんな想いを抱いてきただろう。自分だって人のことは言えない。そうわかっていてもひっかかってしまう、自分の浅ましさにうんざりした。

「いや、なあ……、確かにあの人キレイ系だし、大天使って呼ばれてるだけあるよな」

「………」

「でも、顔の造作でいったらお前も負けないいくらい可愛いと思うし、タイプ違うだけだろ」

「そういうこと言ってるんじゃなくて……」

やっぱり彼にはわからないのだろうか。そう思って、雛希はまた諦めかけてしまう。

「正直言えば、抱いてみてえって思ったことはある。でもそれってな、グラビアん中の女に、ああいい女だなって思うのと同じことだし。仲いいのは、俺が前にあの人を助けたことがあって、そのせいだろ。実際、手なんか出せねえって。それこそマジで殺される。比喩《ひゆ》でなしに」

おそらく、以前七瀬に手を出した誰かが本当に殺されたことがあったのだろう。真剣な顔で言う鳴原に、雛希はついつられて頷いてしまった。

もう、いいか。

彼が誰に心を残していようと、もういい。側にいていいと言ってくれたのだから。

「クラブでナナちゃんに会った時、こっそりお前のこと頼んでたんだ。なるべくいい客につければいいなって思ってさ。あの二人には直接んなこと言えねえだろ？」

「え」

では、あの時、内緒話をしているように見えたのは。

「まー俺もバカだったわ。あん時はもう、お前のことどこにもやりたくねえって思ってたのにな」

自分に嘘はつくもんじゃねえな、と苦笑して紫煙《しえん》を吐き出す鳴原を、雛希は呆然として見つめた。もしかしたら、雛希が思っている以上に、彼は自分のことを考えてくれているのだろうか。

「お前が俺の前に現れたあの時から、ずっと頭ん中から離れなかったよ」

「お兄ちゃん――――」

小さく呟く雛希に、鳴原はちょっと顔を顰《しか》めてみせる。どことなく困ったようなその表情が雛希は好きだった。

「それ。その呼び方。そろそろお兄ちゃんてやめねえか？」

「え……、駄目？」

「駄目っつーか、なあ…、正直エロいことしてる時にそう呼ばれると興奮するんだけども」

露骨な彼の言い草に少し恥ずかしくなって、雛希は顔が熱くなるのを感じる。

「もうあの頃のまんまじゃねえじゃん」

雛希はもう、園長先生に怯えていた無力な子供ではない。そして罪悪感に押し潰されそうになり、自分を苛めることでようやっと立っていたこの間までの雛希でもない。かといって今はどうなのか、自分ではよくわからないが、少なくとも何かが吹っ切れた。そんな気がする。

先ほど鳴原に促されて里川《さとかわ》の家に電話をしたが、父も母も、こんな自分を心底心配してくれているようだった。まだ家に帰るには少し後ろめたさがあるが、近いうちに顔を出せる日も来るだろう。大学は続けることにしたので、休学届は取り下げた。

「じゃあ、なんて呼べばいいの」

「シギでいいだろ」

「うーん……」

自分が彼をそう呼んでいるところを想像してみる。

「あまりピンとこない」

あっさりとそう言うと、目の前の鳴原があからさまにがっくりと肩を落とした。

「なんだよ、もう、せっかく俺が新しい関係にふさわしいアプローチを提案してやったのによ……」

まあいいか、と肩を竦める彼を見て、雛希は不思議に思う。

「でもやっぱり、俺にはシギお兄ちゃんはお兄ちゃんだよ」

「お前お兄ちゃんとエッチすんの？」

「……こだわるところはそこなわけ？」

半ば呆れながら雛希が返すと、鳴原はニヤリと猥雑な笑みを浮かべた。

「お兄ちゃんとしては、もう誰彼構わず寝るのはやめろと指導したいもんだな」

「そんなこと、もうしないよ」

だって、と雛希は誇らしげに鳴原に伝える。

「俺はシギお兄ちゃんのエンジェルだから」

その瞬間の鳴原の呆気にとられたような表情がおかしくて、雛希は思わず笑いを漏らした。けれどそれはすぐに、カウンター越しに身体を伸ばしてきた鳴原のキスに塞がれ、黙らせられてしまう。

お仕置きのようなキスが深いものに変わるのには、そう時間はかからなかった。

「……本当に、行くの?」

「ここまで来たら観念しろって」

朝早く叩き起こされ、駅に連れていかれた時はいったいどこへ行くのだろうと思っていた。新幹線に乗せられてまさかと思ったが、降りた場所でそれは決定的となった。いったいどういうつもりなのか、何度も彼に確認したが、話は着いてからだとはぐらかされる。

そして雛希は今、十年前に去ったはずの町に来ていた。あたりの風景はずいぶんと変わっていたが、記憶の中と一致する光景もいくつも見つけ、自然と及び腰になってしまう。

この角を曲がれば、あの建物が見えるはずだった。

鳴原と雛希が初めて出会い、そして別れた場所。ガーベラ園。

「…………」

吹っ切ったと思ったのに、歩くにつれ自然と足が重くなる。何度も見た悪夢の場所に、無意識に身体が竦んでしまう。

鳴原はいったい何を考えて雛希をここまで連れてきたのだろう。この町とこの場所は、彼にとっても決して心弾むような地ではないというのに。

「雛希」

下を向いていた雛希が顔を上げると、前を行く鳴原は笑っていた。彼は、どうしてそんな顔ができるのだろう。

「雛希、ほら」

鳴原が雛希に向かって手を伸ばす。その手の大きさも温かさも、自分を何度も助けてくれたものだ。

地面に貼りついてしまったような足を動かし、雛希は鳴原の手を握る。

「じゃあ、行くぞ」

勇気をくれるような声に後押しされ、雛希は彼と共にその角を曲がった。

「――――」

ざわっ、と空気がいっせいに流れていくような気がした。それは止まっていた時間が一気に動いたような、色のない絵にたちまち色がついたような、不思議な感覚。

そこにあったのは、なんの変哲もない風景だった。

時を経てやや錆びついた鉄柵の向こうで、子供たちが楽しそうにボールを蹴って遊んでいる。その少し向こうでは園の職員らしき人が、子供たちと輪になって歌を歌っていた。

それぞれ複雑な事情を抱えているだろうけれど、それでも健やかに日々を送っている子供たち。そこには当然、もう雛希はいない。自分は園の外側で、大事な人と再び出会い、今こうしてもう一度歩きだそうとしている。

「な。別になんてことねえだろ」

雛希は隣に佇む鳴原を見た。彼もまた、妙に腑《ふ》に落ちた表情でかつての園を眺めている。

――――そうか。

雛希はようやく納得した。

ここは自分たちにとって、いい思い出よりも悪い思い出の方が多い場所だったのだ。特に雛希にとっては、まるで凶事の象徴のようになってしまっている。

「なんだかんだ言ってもさ、お前と初めて会ったのはここだったし」

その時の雛希は、鳴原の言っていることがなんとなく理解できた。

どこか拍子抜けしたような感覚を味わいながらも、雛希は平和な風景を柵の外側から眺める。その時グラウンドの方からボールが飛んできて、内と外を隔てる境界線を越え、自分たちの足元にまで転がってきた。

「あっ、すいませーん」

一人の少年が走りながら柵のすぐ側までやってきた。彼はそこで立ち止まると、息を切らしながら雛希たちに声をかける。

「ごめんなさい、取ってもらってもいいですか？」

雛希は足元のボールを拾い、それを少年に投げてやった。両手で受け取った少年は、ありがとうございました、と頭を下げると、それを持って仲間の元へと駆け戻っていく。

「――さて、んじゃ次行くか」

「次？」

「今度は俺の番」

鳴原は大きく伸びをすると、くるりと踵を返してまたさっさと歩きだした。

そこは雛希が初めて訪れる場所だった。

静かな、やや古い住宅街には、よく手入れされた家屋が立ち並んでいる。

「……シギお兄ちゃん、もしかして……」

「うん」

勝手知ったる、というふうに歩いていた鳴原だったが、彼は突然、ぴたりと足を止めると、顎である方向を雛希に指し示した。

「あそこ、青い屋根の家あるだろ。出窓に花飾ってあるやつ。あれ俺の家」

二十メートルほど先にある大きな二階建ての邸宅を見て、雛希はゆっくりと息を呑む。

あれが、かつて鳴原が飛び出した、彼が高校生まで育った家。

「……帰るの？」

「まさか。んなことしねえよ。俺みたいのが今さら帰ったって迷惑なだけだしな」

「――――でも」

なんと言っていいのかわからず、言葉を探しあぐねていると、向こうからタクシーがやってくるのが見えた。それは鳴原の家の前で止まり、三十代くらいの品のある女性がそこから降りてくる。女性はまだほんの小さな女の子を連れていて、その手を大事そうに握っていた。

「……姉貴」

「え？」

「あー、じゃあ結婚したのか。婚約者いたもんな」

女性がアプローチに立って玄関脇のインターフォンを押すと、ドアがすぐに開いて、中から白髪交じりの、少し年配の夫婦が揃《そろ》って出てくる。彼らは女の子を見るとたちまち破顔し、よく来たな、元気だったか、などと声をかける。女の子の声でおじいちゃん、と呼びかけるのが聞こえてきたから、多分鳴原の推測で間違いないのだろう。

夫婦と親子は家の中に消えていき、後にはまた鳴原と雛希だけが残される。雛希がためらいがちに彼の方を見ると、鳴原は満足そうに微笑んでいた。

「幸せそうにやってんじゃん」

彼はそれだけでその場から立ち去ろうとする。雛希はまたもや慌てて追いかけながら、あまりにあっさりとした彼に問いかけた。

「いいの？」

「いいよ」

答える鳴原は、飄々《ひょうひょう》としたものだった。

「あそこはもうとっくに俺の家じゃねえしな。ただあいつらが元気でやってるかだけが気がかりだった。でも多分心配ねえだろ」

雛希には、それがどこか切ないものに思えたが、おそらく彼は結論を出してしまっているのだろう。自分たちは互いにどこか足りないものを抱えている。そして、それもまた惹かれ合った理由なのかもしれなかった。

「じゃラスト行くか」

「え、まだあるの？」

「何言ってんだよ。これがメインだろうが」

思わせぶりな鳴原の言葉が理解できないでいると、彼はお前鈍いなあとため息をついた。

「駅前、浴衣《ゆかた》着た女の子がいっぱいいたろ？　今夜は花火大会だろうが」

その瞬間、雛希の中で何かがカチリと嵌《はま》る。最初に駅に着いた時は緊張していて、町をゆく女の子の格好に気づく余裕などなかったのだ。

「――それって」

あの時の約束が蘇ってくる。あんなに胸を高鳴らせ、舞い上がっていた、幸せなひととき。

「やっと、約束果たせるな」

お前と花火見るって、言ってたもんな。

一気に視界がぼやけて、彼の顔がよく見えなくなった。

けれど雛希にはわかるのだ。

彼の表情は、あの時と同じ、ちょっと得意そうな、雛希の胸をどきどきと高鳴らせてやまないものだということが。

そしてツンとした鼻の奥の痛みに足が止まりそうになった時、鳴原の手が雛希の手を握り、強く掴んで引き寄せた。

天使の反乱

咥えた煙草の先で紫煙がたゆたっている。

ヘヴンマスターである氷室景彰《ひむろかげあき》は、ゆらゆらと立ち上るそれをぼんやりと見つめながら、ソファに深く身を沈め、先刻の自分の言動を不思議に思っていた。

鴫原《しぎはら》が命令違反を起こし、自分たちに刃向かおうとするほどに一人のエンジェルに入れ込んだ。彼らは昔からの知り合いで、その間にはいろいろと複雑な事情があったらしいことは、七瀬《ななせ》から聞いている。

しかし、自分はこれまで個々の事情を忖度《そんたく》したためしはない。

たとえどんな罠を仕掛けられてもそれを打ち破り、その相手を容赦なく叩き潰してきた。

今回もそうするつもりだったのだ。鴫原は失うには惜しい優秀な駒《こま》だが、自分たちの意のままに動かない駒は、優秀なほど後々《のちのち》危険な存在に変貌する恐れがある。実際に鴫原は自分たちを陥《おとしい》れようとするトラップを用意していた。そこまで明白な叛意《はんい》を見せられて、黙っているわけにはいかない。

危険なもの、あやしいものは、早々に排除すべく対応する。自分たちはそうやってこの世界を渡ってきたのだ。

なのに今回に限っては、渋々ながらも特例を認めた。

「――だからさ、別に平気だって。そんなに機嫌悪いわけじゃないから。気にすることないよ」

「いや、でも……」

「聞こえてるぞ」

少し離れた所で交わされる無責任な声と、それに答えるためらいがちな声との会話を聞き取り、景彰はため息を零しつつ釘を刺した。

なぜ許したのか。

わかっている。自身の内にある答えに気づかないほど朴念仁《ぼくねんじん》なわけじゃない。

鳴原のこれまでの働きとか、自分たちが最初にエンジェルを我がものにしたとか、そんなことより何より、一番大きな理由はこれだ。

景彰は顔を上げ、側にやってきた自らのエンジェルを見やった。

彼は気まずそうな表情をしながら、景彰を気遣うような目で見ている。

「なんだ。まだ何か文句があるのか。お前の言う通りにしてやっただろう」

ついつい出てしまうぶっきらぼうな言葉に、七瀬の形のいい眉が困ったように顰められた。横では漣《れん》がその様子をどこかおもしろがるように眺めている。この弟の自由奔放さはもういいかげん慣れっこだとして、景彰は七瀬のこんな表情には弱い。

「――ごめん。出しゃばった真似をした。あれは明らかに俺の分を越えていたと思う。あんたに恥をかかせるつもりはなかったのに。……すまない」

先ほどあんなに鮮やかに自分たちをやり込めたくせに、七瀬はそう言って謝る。景彰は思わず口の端が上がるのを自覚した。

「そうは言っても、どうせ黙ってられなかったんだろう」

彼は優しい。そして実直だ。その信念のためならば自分の身も厭《いと》わないひたむきさが自分たちの心を動かし、そして今も捕らえて放さない。

「借りがあるだのなんだの言ってたが、そんなのは口実にすぎない。お前はどうしてもあいつらを助けたかったんだ。違うか？」

「……そうだ」

七瀬は素直に頷く。

「鳴原さんもだけど、あの雛希《ひなき》って子。店に最初に来た時、なんだか思いつめた瞳をしていて、見ていられなかった。あんまりにも簡単に身体とか命を投げ出してしまいそうで、なんとかしてやらないと後味が悪そうだなって思ったんだ。……目の前で漣があんなことをするのも嫌だったし」

雛希の指を折ろうとしていた時のことを言われて、当の本人は軽く肩を竦めた。

漣は景彰ほどには対面や面子というものにこだわってはいない。この弟はとにかく自分が楽しければいいのだ。奔放さもここまで徹底していると逆に筋が通ってくる。

「仕方ないな。俺たちはそういうお前を気に入っているんだから」

「景彰……」

甘くなったのだろうか。それは、自分たちの弱点となるのだろうか。

だが今さらだ、と思った。そんなことは、一度手放した七瀬が再び自分たちの前に現れた時に了承済みだったはず。

そして七瀬の存在がなければ、鴫原を許すことも決してなかっただろう。

「お前の言うこともっともだと思った。だからあいつらも目こぼししてやったまでだ」

景彰はそう言ってから、ふと思いついた事柄に意地悪く口元を歪めた。

「だがお前が気にしてるなら、謝罪を受けよう。何をして埋め合わせてくれるんだ？」

思わせぶりに目線を向けると、七瀬の白い頬がたちまち朱に染まる。彼は少しの間逡巡していたが、やがて覚悟を決めたようにぎゅっと拳を握りしめると、ゆっくりと景彰の前に移動した。

「エンジェルがする埋め合わせなんか……決まっている」

恥ずかしさを堪えるようにして景彰に目を合わせ、七瀬は軽く唇を合わせてくる。

瑞々《みずみず》しいそれを味わっていると、震えるようにして唇が離れ、七瀬の頭が静かに下がっていった。

「ここで慰めてくれるのか？」

指で唇の間《あわい》をなぞるように辿り、薄く開いた歯列から中へと滑り込ませる。

「あっ」

彼は短く声を上げ、それでも景彰の指をしゃぶるように咥え込む。ビロードのような舌の感触を楽しんだ後、軽く上顎をくすぐってやると、ひどく感じるのか喉の奥で細い声を上げた。

「ふ、ぅ…っ」

口中から指を抜くと、早くも潤んだ瞳が責めるように景彰を軽く睨む。それからためらいがちな手つきで景彰の前を寛げ、意を決したように指を中へと潜り込ませてきた。

もう何度もこれをしゃぶっているのに、いまだに羞恥が消えない七瀬に景彰は胸の高鳴りを覚える。

七瀬は引きずり出したそれを両手で捧げ持つように支えると、目を閉じてそっと唇を押し当てた。

「……」

唇が触れる感覚がこそばゆく、だが真摯なその姿に景彰のものが大きく脈打つ。その瞬間、七瀬はびくりと手を震わせ、まるで恐ろしいものでも扱うようにそそり立つものを見やった。

七瀬はその大きさに圧倒されたような声を漏らし、先端から口の中へと、ゆっくりと迎え入れていく。

「んっ…ふ、うんっ…」

やや苦しげな呻きが七瀬の喉から零れた。以前、奉仕をするのは、喉の奥を突かれるようで少し怖いと言っていたが、なかなかどうして素晴らしい上達ぶりだ。最近は男のものをしゃぶっていると自分まで高まってしまうようで、腰が落ち着かないように震え始める。

景彰は股間から痺れるような快感が湧き上がってくるのに眉を顰め、熱い息を大きく吐き出した。

側でおもしろそうに見守っている漣に目配せをすると、彼は嬉々として七瀬の後ろに屈み込む。

「んっ」

漣に衣服をめくり上げられ、肌に触れられるのに、七瀬は口を塞がれたまま甘いため息をついた。

「俺だけってのも悪いからな。お前も気持ちよくしてもらえ」

「ほら、ちゃんと兄さんのをおしゃぶりして?」

漣は自分の持つ無邪気な嗜虐性を、七瀬に対して発揮することが楽しくてならないようだ。

そして七瀬は自分たちに共有され、その肉体を――あるいは心をも愛《め》でられる。

エンジェルは主人の性欲に仕える性奴。けれど景彰はたびたび思うことがある。相手の快楽に奉仕しているのは、もしかして自分たちの方なのではないかと。

「っ――……、う…っ」

二人がかりで仕込んだ口淫《こういん》の手管を駆使され、景彰は低く呻く。七瀬は今や顔だけでなく首筋まで赤く染め、切なさを堪えるようにして必死で舌を使っていた。服の中に潜り込んだ漣の手が彼の胸のあたりで動いている。おそらくは鋭敏な乳首を弄ばれ、左胸に穿たれたピアスを意地悪く引っ張られたりしているのだろう。きつく閉じた目の端に、透明な涙が浮かんでいた。

普段は清廉な七瀬が堕とされるその光景はひどく淫猥で、景彰は自分のものがますます硬く脈打つのを自覚する。

「ん、ん――んっ」

七瀬は明らかに恍惚とした、快楽を湛えた声を鼻から漏らした。夢中になって頭を前後し、口腔の粘膜を擦られる愉悦を味わっているのだろう。そんな姿を見ているだけで、脳が沸騰するような興奮を感じる。

「……そろそろだ。全部飲めよ」

景彰は七瀬の髪を撫で、熱を持った耳朶《じだ》を指先でそっとなぞる。それすらも感じてしまうのか、彼は喉の奥で泣くような声を上げると、こくこくと小さく頷いた。

景彰の腰の奥で凶悪な熱が膨れ上がる。これを出したとしても、そう簡単に収まりそうにない。それはすべて、彼のせいだった。

「くっ……！」

奥歯を嚙みしめ、込み上げる熱を一気に七瀬の口の中に解放する。彼は一瞬ビクリと背を震わせたが、そのまま喉の奥を開くようにして景彰の迸りを受け止めた。小さく声を漏らしながら唇を上下させ、そのまま飲み込む仕草を見せる。

「……っ、は」

少しして七瀬は景彰のものを口から出し、大儀そうなため息をついた。だが放出を終えた景彰のものに舌を這わせ、すっかり後始末することを忘れない。

「…まだ、こんな、硬い…」

「だったら、次にすることはわかってるだろう？」

それを合図にして漣が七瀬のボトムのベルトを外す。彼は唇を嚙みしめながらされるままになっていた。明るいリビングで下半身をすべて晒すことになってしまい、七瀬はふるふると身を震わせながら景彰の上に乗り上げてくる。

「恥ずかしいのか？」

「……こんなの、恥ずかしくないわけ、ない」

「僕たちに見られていないとこなんてもうないのに。七瀬はそういうところは慣れないよね」

これまでに口に出すのも憚《はばか》られるくらいのことを何度もしてやったが、七瀬はそのたびに激しい快感に啜り泣き、自分たちに命じられるままに卑猥な言葉を垂れ流してきた。肉体はもう完璧に性奴のそれになっているというのに、彼の貞操観念は相変わらずのようだ。

「身体はどんどんいやらしくなっているのにな。貴重だよ、お前は」

大抵のエンジェルは、ここまで来るともう自分の肉体を晒すことに抵抗を覚えなくなる。いまだ羞恥心を持ち続け、さらにそれを快感に変換してしまえるなど、それはもう奇跡に近い理想のエンジェルだ。

「フェラして興奮しちゃったみたいだけど、指で慣らしてあげるね」

「あ、あっ…、あんんっ」

後孔に漣の指を挿入され、七瀬は景彰の上で身を捩る。ソファの上で景彰の腰を跨《また》ぐように両膝をついた彼の太腿が震え、その中心で上向きかけているものが硬度を増した。

「よく可愛がってもらえよ」

「う、ふ…、んんっ、んんあっ」

背後からクチュクチュと音が聞こえ、七瀬が身悶えしながら景彰にしがみついてきた。ぎゅっと肩を握ってくる指が、やたらに愛《いと》しい。

「どこを弄られてそんなに感じてるんだ」

だからつい、もっと追いつめたくなってしまう。どこまで自分たちを受け入れてくれるのか。

七瀬はその美しい横顔を嘆くように歪めてから、震える唇で卑猥な問いに答える。

「お、尻の…孔を、漣に、指でっ…解されて…っ」

「気持ちいいのか？」

「ん、い…い、気持ち、い…っ」

耳元で喘ぐ声が聞こえて、景彰のものが再び凶悪な形を取り戻す。その先端に七瀬が自らのものを擦《す》りつけるように腰を寄せてきて、全身が熱い興奮に包まれた。

「今からそこに何を入れられるんだ」

「あ、か、景彰のこれ、おっきい…、これぇっ…！」

たまらないように腰を振り立て、七瀬がそれを押しつけてきた。色事の経験ならそれこそ掃いて捨てるほどにあるが、こんな可愛いことをされるとあっという間に忍耐の限界がくる。

「そろそろ入れてあげたら？　七瀬も兄さんももう我慢できないみたい」

今回は譲るつもりなのか、漣がくすくすと笑いながら七瀬の中から指を引き抜いた。あっ、と名残惜しげな声を上げる彼の双丘を漣が広げ、いきり立った景彰の上にその場所

をあてがう。

「く、う、ふぅうう…っ、あ、入って…くるっ…」

七瀬は声を蕩かせ、指で嬲られていた内壁を串刺しにされる感覚に喘いだ。一番太い部分に擦られるのがたまらないらしく、両手で支えた腰がびくん、びくんと跳ね上がる。

「あ、うう…っ、はぁあ…っ」

景彰のものがすべて収まってしまうと、漣はまた七瀬の服の下に手を差し入れ、彼の乳首を責め始めた。

「や、あ、ああっそれっ…」

「ほら、全部入ったんだろう？　ちゃんと腰を動かしてあげないと」

漣に優しい声で促され、七瀬は快感に震えながらもぎっちりと景彰を咥え込んだ腰を揺らし始める。熱い粘膜にきつく絡みつかれ、締めつけながら上下され、さすがの景彰も息を荒げないわけにはいかなかった。

「はっ、は…っ、ああ…っ、あ、ん、くぅ…っ、んんん…っ」

七瀬が可愛らしく囀《さえず》りながら腰を使うたびに、繋ぎ目から卑猥な音が響く。双丘を鷲掴みにしてわざと乱暴に揉みしだいてやると、中のひどく感じる場所に当たるのか、切羽詰まったような声を上げて全身を痙攣させた。

「ふああ、ああっ！」

「…漣、前を扱いてやれ」

「いいよ」

漣の手が片方下りてきて、今や苦しそうに屹立している七瀬の前方を握り、上下に扱き上げる。

「や、いや、だめ、それだめぇえっ！」

最も感じてしまう部分をすべて押さえられ、七瀬は上擦った声で哀願してきた。その濡れた声を聞きながら、景彰は獣欲に口の端を歪める。やれやれ。支配されているのはどちらなのやら。

景彰は彼の小ぶりな双丘を、爪を食い込ませんばかりにして捕らえながら、その柔肉の狭間を、強く小刻みに穿ち上げた。

「ああっ、あ、ひぁ、あ…んんぁっ！　い、イっ…く、ぅ…！」

顔を真っ赤にして啜り泣く七瀬が、この上なく淫らに絶頂を訴える。

結局、自分たちは、このエンジェルによって変わったのだろう。

軽佻《けいちょう》でどこか投げやりなふうの鳴原が、あそこまで必死になったのと同じように。

――まあいいさ。行く所まで行ってやる。

七瀬は後ろに首をねじ曲げられ、漣に舌を吸われていた。その顎を捕らえて自分の方に向かせると、もうわけがわからなくなった七瀬が自ら口づけてくる。

そんな彼の中に、景彰は思い切り情欲を叩きつけた。

「ん、んんっ！　……――っ…！」

極みの悲鳴はきつく舌を絡めることで吸い取った。

びくん、びくんと痙攣する身体に已の証を注ぎ込みながら、景彰はもう手放せなくなった七瀬の腰を強く抱き締め、口を合わせたまま自嘲するように笑った。

あとがき

こんにちは。西野《にしの》です。『ストレイエンジェル〜天使志願〜』を読んでくださり、ありがとうございました。今回の主役カプの攻は、前回の『エンジェルヒート〜in Love〜』で出てきた鴫原《しぎはら》です。そして今回メインの受の雛希《ひなき》ですが、私にしてはちょっと珍しいタイプの受ですかね。これを書き上げた時、「うん、一途な受を書いたな」とか思っていたのですが、初稿を読んだ担当さまの開口一番が「いやあ、雛希の病みっぷりがすごいですね！」あるぇー!?

前回に引き続き挿絵の鵺《ぬえ》先生、ありがとうございました！　いつも楽しみにしています！　つ、次もまたよろしくお願いします。すみません懲りないで…。

担当さまもいつもお世話になってます。次回は、通常通りの三人の方に戻りますが、多分雛希たちも出てくると思いますので、どうぞよろしくお願いいたします。では、またお会いできましたら。

西野　花《はな》

http://park11.wakwak.com/~dream/c-yuk/index3.htm

作家・イラストレーターの先生方へのファンレター・感想・ご意見などは
〒101-0063東京都千代田区神田淡路町2-2-2
白泉社花丸編集部気付でお送り下さい。
編集部へのご意見・ご希望などもお待ちしております。
白泉社のホームページはhttp://www.hakusensha.co.jpです。

花丸文庫 BLACK
ストレイエンジェル ~天使志願~

2010年6月25日　初版発行

著　者　西野 花 ©Hana Nishino 2010

発行人　酒井俊朗

発行所　株式会社白泉社
〒101-0063 東京都千代田区神田淡路町2-2-2
電話 03(3526)8070[編集]
電話 03(3526)8010[販売]
電話 03(3526)8020[制作]

印刷・製本　図書印刷株式会社
Printed in Japan　HAKUSENSHA
ISBN978-4-592-85066-3

定価はカバーに表示してあります。